AF534633

Assuntina Spina

Meine Mutter, die Hexe und ich

Erzählung

Erste Auflage
© 2025 Assuntina Spina

Verlag: BoD · Books on Demand GmbH,
In de Tarpen 42, 22848 Norderstedt, bod@bod.de
Druck: Libri Plureos GmbH, Friedensallee 273,
22763 Hamburg

ISBN: 978-3-7693-5222-1

Für alle,
die (noch) keine Stimme haben

April 1970

Giulia summt leise. Wir haben eine Decke auf dem Rasen ausgebreitet. Es ist Frühling. Das weiss ich, weil der Löwenzahn und die Margritli blühen. Und ich höre es an den Tennisbällen auf dem gegenüberliegenden Platz. *Tick tack. Tick tack.*

Ich liebe das Geräusch. Es gehört zur Welt vor unserm Garten. Einer wichtigen und weiten Welt. Braungebrannte Männer mit Muskeln und blonde Frauen in kurzen Röcken spielen sich die Bälle über das Netz zu. Sie lachen und schwitzen und trinken nach dem Spiel zusammen Sekt auf der Terrasse des Clubhauses.

Wer Tennis spielt, ist reich und hat es geschafft. Das sagen die Erwachsenen in unserer Genossenschaft. Von uns spielt niemand Tennis.

Giulia und ich sitzen in unserm Garten auf der Decke. Zweites Haus, Nummer 60, in der dritten Reihe. Das musste ich auswendig lernen, falls ich verlorengehe. Manchmal schaue ich durch den Zaun auf den Tennisplatz und stelle mir vor, ich bin die Tochter eines wichtigen Vaters und er zeigt mir, wie man den Schläger hält und den Ball über das Netz schlägt.

Giulia wickelt ihre Puppe. Ich streichle mein Meerschweinchen Mickey. Es ist Sonntag. Meine Mutter ist im Haus, sie schläft. Sonntag ist kein guter Tag. Meist kommt sonntags die Hexe. Deshalb summt Giulia. Weil sie hofft, dass sie die Hexe wegsummen kann.

Die Hexe kommt wegen Giulia und mir. Weil wir keine guten Mädchen sind. Dabei geben wir uns solche Mühe. Fast immer. Aber wir sind trotzdem böse Kinder, schimpft die Hexe.

Wir haben unsere Zimmer nicht aufgeräumt, das Bad nicht geputzt. In der Küche stapelt sich das schmutzige Geschirr, und Mickey sitzt auch im Dreck. Wir denken nur an uns. Wie unser Vater nur an sich. Wegen ihm und wegen uns ist meine Mutter im Elend und arm wie eine Kirchenmaus. Wir fressen ihr die Haare vom Kopf und wachsen zu schnell aus unseren Kleidern raus.

Und manchmal sind wir auch noch frech. Dann wird die Hexe bitterböse. Obwohl wir sagen, dass es uns leidtut. Obwohl wir flehen und versprechen uns zu bessern, schreit sie uns unsere Schuld ins Gesicht. Sie knallt Türen und Fenster. Sie brüllt. Ganz schreckliche Worte. Manchmal schlägt sie auch zu. Oder reisst an unseren Haaren und Ohren. Sie baut sich vor uns auf und ist gross wie ein Riese.

Ich habe furchtbare Angst vor der Hexe. Niemand kann sie stoppen, noch nicht einmal Giulia. Hoffentlich geschieht an diesem Sonntag ein Wunder und meine Mutter kommt bald zu uns in den Garten.

Meine Mama hat es schwer. Wegen Giulia und mir muss sie Tag für Tag arbeiten. Und die Nachbarn zerreissen sich das Maul über sie, weil sie geschieden ist. Ich liebe meine Mama sehr. Mein Papa aber ist böse. Er hat uns verlassen und fast alles mitgenommen, was im Häuschen war, sogar den Plattenspieler. Da war ich richtig sauer auf ihn. Weil ich so gerne Adamo höre. *Es geht eine Träne auf Reisen*. Und dazu tanze.

Eigentlich wäre ich gerne eine Prinzessin. Eine Tanzprinzessin mit Rüschenrock. Aber meine Mama will nicht, dass ich Rüschen trage. Die muss man bügeln. Und dazu hat sie keine Zeit. Und überhaupt sind Rüschen etwas für Mehrbessere. Das sind wohl diejenigen, die auch Tennis spielen. Ich tanze aber trotzdem und schäme mich für die zu kurze Hose, die früher Giulia gehörte.

Manchmal kommt unsere Oma. Sie bleibt dann drei Tage am Stück und wäscht und bügelt und putzt von morgens bis abends. Dazwischen kocht sie für Giulia und mich: Braten an dicker, brauner Sauce mit Makkaroni und Bohnen oder Rotkraut. Ich werde nicht satt, so gut ist Omas Essen und so hungrig bin ich. Ich schlinge und schlinge, bis mir schlecht wird. Giulia lacht: «Du wirst dick werden, ein kleiner dicker Brummer, der fetteste Tanzbrummer der ganzen Schweiz!»

Ich strecke Giulia die Zunge heraus. «Ich werde kein Brummer, ich werde eine Prinzessin!»

«Hört auf zu streiten», sagt Oma und hebt den Zeigefinger. Dann bügelt sie weiter und schüttelt den Kopf. «Wie kann man nur so ein Chaos haben im eigenen Haus? Und so unendlich viele Kleider! Das ist doch nicht normal! Eure Mutter hat's einfach nicht im Griff. Ach, wäre doch euer Vater bei ihr geblieben, dann wäre bestimmt alles nur halb so schlimm.»

Auch heute kommt meine Mutter nicht in den Garten. Sie schläft den ganzen Nachmittag in ihrem Zimmer, die Türe verschlossen. Wir hören die anderen Mütter in den Gärten lachen, schwatzen, zum Zvieri rufen. Manchmal auch schimpfen. Aber nicht lange und nicht böse. Nicht so wie die Hexe. Giulia und ich spielen leise, damit Mama nicht aufwacht und sich ausruhen kann, bevor sie wieder die ganze Woche arbeiten muss. Wir wollen wirklich gute Mädchen sein.

Und dann, gegen Abend, als wir Hunger haben und in der Küche nach etwas zum Essen suchen, passiert das Allerschlimmste trotzdem: Die Hexe steht plötzlich in der Tür.

Aus dem Nichts steht sie da, wir haben sie gar nicht kommen hören.

Sie ist riesig und sie ist wütend wie immer und sie füllt den ganzen Türrahmen aus.

Schnell verstecke ich mich hinter Giulia, auch wenn ich weiss, dass es nichts nützt.

«Was schleicht ihr hier rum wie zwei Diebe? Ihr habt wohl wieder ein schlechtes Gewissen!»

«Nein, wir haben Hunger», antwortet Giulia und versucht ein unschuldiges Lächeln.

«Lüg mich nicht an! Was habt ihr hinter meinem Rücken gemacht?»

«Nichts, wir haben nichts gemacht, ganz sicher nicht. Wir waren im Garten und haben gespielt», sagt Giulia und versucht noch immer zu lächeln.

«Ich sehe dir an, dass du lügst! Du hast bestimmt wieder heimlich deinen Vater angerufen, gib's zu! Und dich beschwert über dein ach-so-schlimmes Leben bei mir! Dabei schufte ich tagein, tagaus, nur für euch zwei, hab keine Stunde für mich, und du dankst es mir mal wieder mit deiner Verlogenheit, du falsches Luder!»

Und dann ist sie auch schon bei Giulia, packt sie an den Haaren, an ihren dicken, glänzenden Haaren, um die ich sie so sehr beneide. Sie reisst und zerrt an ihnen mit voller Kraft, so dass Giulia zu Boden geht, und ich denke, oh mein Gott, sie skalpiert meine Schwester, so wie im Winnetou die Pawnee Sam Hawkens skalpiert haben. Und Giulia schreit schrill vor Schmerz und ich weine und bettle: «Hör auf, hör auf, bitte, bitte hör auf!»

Doch die Hexe hört nicht auf, sie hat gerade erst angefangen. Sie schleift Giulia an den Haaren hinter sich her, aus der Küche, durch den Gang bis in die Stube. Giulia jammert und fleht: «Bitte, bitte, lass mich los, du tust mir so weh.»

Ich weiss nicht, was ich machen soll, ich bin so klein, ich werde sterben, Giulia wird sterben, ich schreie weiter, ich renne hinter den beiden her. Ich habe solche Angst, aber ich muss Giulia helfen. Sie retten, bevor die Hexe sie umbringt. Ich springe der Hexe von hinten auf den Rücken. Sie stinkt, aber ich kralle mich an ihr fest. Einen Moment nur lässt sie Giulias Haare los. Dieser Moment reicht ihr zur Flucht.

Doch dann schleudert die Hexe mich zu Boden. Sie tritt mit den Füssen nach mir, aber ich habe mich schon unter das Sofa gezwängt. «Du also auch! Ich dachte immer, du seist besser als deine Schwester. Schlampen seid ihr, alle beide!»

Dann endlich lässt sie von mir ab. Schlägt die Türe mit voller Wucht hinter sich zu. Geht die Treppe hoch ins Schlafzimmer und schliesst sich ein.

Giulia kommt aus ihrem Versteck im Garten. Es ist ein Loch in der Hecke. Wir umarmen uns und weinen beide. Dann schauen wir nach Giulias Haaren. Unendlich viele fallen ihr aus. Eins, zwei, drei, fünf, sechs, neun. Weiter kann ich noch nicht zählen, aber es sind noch ganz viele mehr.

«Wir müssen die Hexe töten, wenn sie zurückkommt», versuche ich tapfer zu sein.

«Adelina, wir können die Hexe nicht töten. Die Hexe *ist* unsere Mutter.»

Herbst 1970

Heute ist Mama weich und warm. Und unglaublich schön. Das Haar hoch toupiert wie ein Turm, steht sie vor dem Spiegel im Badezimmer und schminkt sich. Sie geht aus. Und hat sich dafür ein teures Kleid gekauft. Das musste sein, da alle andern mal wieder in der Wäsche sind und Mama am Waschtag im Büro war.

Wenn Mama ausgeht, hat sie gute Laune. Und vielleicht bald wieder einen Mann. Das freut Giulia und mich. Denn mit einem Mann, so sind wir uns sicher, wird sich Mama nie mehr in die Hexe verwandeln.

Ich sitze auf dem Klodeckel und schaue ihr beim Schminken zu. Zuerst macht der Rimmel die Wimpern schwarz und lang und an ihren Enden tanzen Fliegenbeine. Danach kommt der Kajal um die Augen, und dann sieht Mama aus wie ein Filmstar. Irgendwann werde ich auch so schön sein wie Mama. Vielleicht auch schöner. «Der Lippenstift ist das Wichtigste», sagt sie. Nie geht sie ohne aus dem Haus. Mama geht sogar mit roten Lippen ins Bett.

Zum Abschied küssen und umarmen wir sie. Sie duftet frisch und nach Parfum. Ich will sie gar nicht mehr loslassen. «Es kann spät werden, meine Schätzchen! Versprecht mir, dass ihr nach dem Krimi sofort ins Bett geht.»

Wir dürfen Edgar Wallace schauen - *Der schwarze Abt* - und zuvor eine grosse Büchse Ravioli essen. Frisches Brot hat es auch. Giulia hat es mit den zwei Franken, die ihr Mama gegeben hatte, im Lädi gekauft.

Die Ravioli machen uns nicht satt, zum Glück hat es noch Brot. Wir tunken Stück für Stück in die Sauce, bis wir rübis und stübis das ganze Pfünderli verdrückt haben. Ich strecke meinen dicken Bauch raus und sage: «Schau nur, ich bekomme ein Buschi!» Giulia lacht: «Buschis kommen nicht von Ravioli und Brot, du bist ja selbst noch ein Baby.»

«Ich bin kein Baby mehr, ich weiss schon, wie man die macht», antworte ich, und habe keine Ahnung.

«Wenn du älter bist, erkläre ich dir, wie das funktioniert», sagt Giulia lieb. «Lass uns jetzt die Küche machen. Verteilung wie immer.»

Das heisst, Giulia wäscht das Geschirr und ich trockne es ab. Manchmal möchte ich abwaschen, aber Giulia behauptet, ich bin zu langsam, so endet die Arbeit nie. Beim Abtrocknen erfinde ich Geschichten. Von einem singenden Pferd oder einem tanzenden Meerschweinchen im Rüschenrock. Oft lacht Giulia, selten sagt sie: «Halt die Klappe, du nervst.»

«Darf ich beim schwarzen Abt zu dir auf den Schoss kommen, wenn ich Angst habe?» «Aber sicher», sagt Giulia, «ich beschütze dich wie immer, aber nur, wenn du nicht ständig plapperst, versprochen?»

«Versprochen!»

Der schwarze Abt macht mir fürchterliche Angst, fast so sehr wie die Hexe. Er trägt einen Umhang bis zum Boden und eine lange, spitze Kapuze auf dem Kopf. Aus zwei Löchern in der Kapuze schauen seine Augen raus. Ich sitze den ganzen Abend auf Giulias Schoss und halte ein Kissen vor mein Gesicht. Nur ganz selten schaue ich auf den Bildschirm, vor allem dann, wenn der hübsche Kommissar von Scotland Yard zu sehen ist.

«Adelina, der Abt kann nicht aus dem Fernsehapparat steigen, er kann dir nichts tun!», lacht Giulia.

Ich bin mir da nicht so sicher, aber wenn Giulia es sagt, wird es schon stimmen.

«Meinst du, Mama wird den Mann heiraten?»

«Welchen Mann?», fragt Giulia ungeduldig.

«Na, den von heute Abend.»

«Bestimmt», antwortet Giulia und wie immer, wenn ich still sein soll, fügt sie an: «Irgendwann wird alles gut.»

Als ich am Morgen erwache, rieche ich den Kaffee. Den gibt's immer, wenn ein Mann da ist. Ich rieche Kaffee gern. Er riecht nach alles ist gut. Der Mann von gestern Abend ist in Mamas Zimmer, wir hören die beiden kichern und flüstern. Giulia hat recht: Mama wird heiraten und die Hexe wird sterben.

Giulia und ich gehen nach unten, räumen die Gläser und die Weinflasche der beiden vom Vorabend weg, leeren und putzen den Aschenbecher. Der Mann soll sehen, dass meine Mutter zwei gute Mädchen hat.

Wir ziehen uns anschliessend leise an, und Giulia bringt mich zum Kindergarten. Sie selbst geht weiter zur Schule, ihr Schritt ist leicht, sie springt von Stein zu Stein und summt. Jetzt vor Freude.

Wie ich vom Kindergarten heimkomme, ist der Mann verschwunden und Mama hat schlechte Laune.

Die Fensterläden sind geschlossen, das ist kein gutes Zeichen. Im Haus riecht es miefig und kein bisschen nach Essen. Dabei hab ich so einen Hunger. Zum Glück ist heute Papi-Tag. Bei meinem Vater gibt es immer belegte Brote. Mit Schinken, Salami, Ei und Käse und dick Mayonnaise obendrauf. Die macht unsere Nonna extra für Giulia und für mich.

Alle zwei Wochen gehen wir einen Nachmittag zu unserm Vater. So will es das Gesetz, sagt Mama grimmig. Eigentlich gehe ich gerne zu ihm und natürlich habe ich deshalb ein schlechtes Gewissen. Weil er so böse ist zu Mama, muss ich ihm auch böse sein. Ich weiss, dass Mama es so will. Es gelingt mir aber nicht, ausser damals, als er den Plattenspieler abtransportiert hat. Da war ich wirklich sauer auf ihn.

Manchmal spreche ich in Gedanken mit ihm, dann nenne ich ihn «Papi». Ich bewundere ihn sehr. Er sieht mindestens so gut aus wie der Kommissar von Scotland Yard und ist immer chic angezogen. Er liebt schnelle Autos und attraktive Frauen. Das sagt Mama. Zudem mag er Sport. Er spielt Fussball und alle paar Wochen ist ein Bild von ihm in der Zeitung. Mama zeigt es uns jedes Mal und ist vor Wut ganz grün im Gesicht.

Ich schaue das Foto dann heimlich und lange an, wenn es niemand sieht.

Giulia ist hübsch wie Mama, deshalb mag mein Vater sie. Auf jeden Fall mehr als mich. Das weiss ich, weil er fast immer mit ihr und fast nie mit mir spricht. Ausser, wenn ich etwas falsch mache. Dann macht er einen Witz über mich oder sagt, das macht man nicht. Aber er schreit nie so wie die Hexe. Er schlägt auch nicht zu. Niemals.

Seine neue Frau hat langes, schwarzes Haar, sie ist schlank und schminkt die Augenlider blau. Das machen nur Flittchen, sagt meine Mama. Was ein Flittchen ist, hat mir Giulia erklärt. Es ist ein netteres Wort für Hure. Was eine Hure ist, weiss ich zwar auch nicht, aber ich denke, es bedeutet nichts Gutes. Die neue Frau ist trotzdem nett und freundlich.

Manchmal stelle ich mir vor, wir vier sind jetzt eine Familie und wir sind alle glücklich. Wir gehen am Wochenende zur Ponyranch und unter der Woche kocht die neue Frau für uns richtige Menüs. Zum Beispiel Braten mit Makkaroni und Gemüse, wie Oma. Oder panierte Schnitzel mit Nüdeli, wie auf den Fotos im Migros Restaurant. Und sie wäscht und putzt und schaut mit Giulia und mir Winnetou oder Edgar Wallace. Und mein Vater sitzt auf dem Sofa, trinkt Kaffee und macht ein zufriedenes Gesicht.

Aber was passiert dann mit Mama? Ich kann sie doch nicht allein lassen. Und sowieso, damit das alles klappen kann, muss ich erst grösser werden und erwachsener, so wie Giulia. Und schlanker natürlich, sportlich und hübsch. Und ich muss lange Haare haben, ja, lange Haare, die mag mein Vater. Einmal erzähle ich ihm, dass ich eines Tages Tanzprinzessin werde. Da lacht er laut auf und meint: «Die erste Tanzprinzessin mit zwei kurzen Härchen auf dem Kopf und mit zwei linken Beinen.»

Ich presse meine Lippen zusammen.

Ich werd's schon schaffen, irgendwie: Irgendwann werde ich so gut und so schön sein, dass mein Vater auf mich so stolz ist wie auf sein schnelles Auto.

«Ist der Mann nett?», frage ich meine Mutter.

«Was für eine blöde Frage! Es gibt keine netten Männer, merk dir das, die wollen alle nur ins Bett mit uns Frauen.»

Ich habe noch nie einen Mann im Bett von Mama gesehen. Nur gehört. Und das klingt immer so, als haben sie's lustig. Aber ich glaube, sie machen auch Sachen, von denen ich nichts weiss. Giulia sagt, dass sie mir das alles mal erklärt, wenn ich älter bin.

«Räum besser dein Zimmer auf, ich habe eben gesehen, was für ein Schweinestall das wieder ist. Das ganze Haus ist ein Saustall! Und natürlich geht ihr heute wieder zu eurem Herrn Papi und lasst es euch gut gehen wie zwei Prinzessinnen, während ich hier allein aufräumen und putzen muss.»

Schnell husche ich aus der Küche, die Treppe hoch in mein Zimmer. Das Telefon klingelt. Es ist Mamas Freundin, das ist super. Wenn Mama anfängt zu telefonieren, dauert das lange, manchmal sehr lange. Die beiden schimpfen über ihre Ex-Männer, über ihre Ex-Schwiegermütter und über ihre Ex-Schwägerinnen. Bis sie damit fertig sind, ist Giulia von der Schule zurück. Zusammen werden wir es irgendwie schaffen, uns die Hexe vom Leib zu halten, zumindest bis wir zu Papi gehen.

An den Papi-Wochenenden verwandelt sich Mama meist vor Sonntag in die Hexe. Man kann leider nichts dagegen machen. Giulia und ich haben alles versucht. Die Küche geputzt. Für Mama Ravioli oder Fischstäbchen gekocht. Die Badewanne geschrubbt und alle Deckel von Mamas Tuben, Sprays und Cremes wieder auf das dazu passende Unterteil geschraubt. Wir sagen ihr auch immer wieder, dass wir sie liebhaben und unsern Vater hassen. Ihn nie mehr wiedersehen wollen. Und ihn nur besuchen, weil es das Gesetz so will.

Aber Mama geht es trotzdem schlecht.

Weil das Geld nicht reicht für uns drei und weil mein Vater eine neue Frau hat. Eine «Trottoirschwalbe», gegen die er Mama eingetauscht hat, als wäre sie ein Stück Dreck. Ich frage mich, weshalb ein Vogel, der auf dem Trottoir sitzt, etwas Schlechtes ist, aber Giulia sagt, Trottoirschwalbe ist ein anderes Wort für Flittchen.

Mama geht es auch schlecht, weil die Nachbarn allesamt «falsche Füdlibürger» sind. Und alle Männer sowieso Schweine. Und niemand ihr hilft. Nie. Nicht einmal ihr eigener Bruder, der denkt er sei etwas Besseres als sie, weil er Flugzeuge durch die Welt fliegt, während sie in einem Büro sitzt und Berichte abtippt. Und der ein paar Noten aus dem Portemonnaie zieht und sie ihr hinschiebt, um sein Gewissen zu beruhigen, wenn er dann gnädig mal bei uns vorbeischaut.

Ihr Bruder ist mein Götti. Ich finde ihn toll. Und ich bewundere ihn noch mehr als meinen Papi. Aber das sage ich Mama besser nicht. Er ist Pilot und trägt eine modische Uniform und einen Hut mit vier goldenen Balken. Wenn er auf Reisen geht, hat er immer einen Pilotenkoffer bei sich. Auf dem steht sein Name und seine Adresse und daneben ist eine Zeichnung von Globi. Den habe ich für ihn gemalt. Jetzt fliegt mein Globi mit ihm bis nach Afrika und wieder zurück.

Manchmal dürfen Giulia und ich eine Woche zu ihm und seiner Frau in die Ferien gehen. Sie wohnen in Bassersdorf bei Zürich im elften Stock, und über ihrer Wohnung starten und landen den ganzen Tag Flugzeuge. Mein Götti weiss von jedem, wohin es fliegt oder woher es kommt.

Die Frau von meinem Götti ist immer lieb und kocht jeden Tag ein anderes Menü. Manchmal auch Sachen, die wir nicht kennen. Zum Beispiel rosarote Würmchen mit Reis und Curry. Sie lacht viel und spielt mit uns *Eile mit Weile* und wir müssen ihr nie beim Putzen helfen. Sie ist immer frisch geduscht, modern angezogen und schimpft nicht über andere Leute.

Wenn mein Götti nicht im Flieger ist, spielt er mit uns *Mühlestein* oder zeigt uns den Flughafen. Einmal dürfen wir sogar richtig mit ihm fliegen, bis nach London und von dort aus weiter nach Dublin. Das ist in Irland. Wir wohnen auf einem Hausboot und springen vom Boot in den Fluss zum Schwimmen. Wir tragen den ganzen Tag Schwimmwesten, falls wir mal vom Boot fallen sollten.

Mein Götti geht jeden Tag mit dem kleinen Segelschiff, das wir hinter uns herziehen, fischen. Einmal nimmt er mich mit, aber ich muss ihm versprechen, dass ich kein Wort sage, damit die Fische keine Angst bekommen und fortschwimmen. Er zeigt mir einen Zweifränkler und der gehöre mir, wenn ich es schaffe, ganz still zu sein. Natürlich schaffe ich es nicht. Mein Götti gibt mir die zwei Franken trotzdem.

Aber Mama schimpft dennoch über meinen Götti und seine Frau. Und sie schimpft auch über ihre Mutter, also unsere Oma. Weil die ihr wahres Wesen nicht versteht. Ja, sich noch nicht mal die Mühe macht, es zu verstehen, sondern glaubt, mit ein bisschen Bügeln und Putzen ab und zu sei ihr geholfen.

Und schlussendlich kommt Mama beim Schimpfen bei Giulia und mir an. Bei ihrem «eigen Fleisch und Blut», das auch nicht zu ihr hält und somit nicht besser ist als alle andern. Im Gegenteil, zwei scheinheilige Schlampen sind wir, die nur so tun, als hätten wir sie lieb. Aber hintenherum würden wir schlecht über sie reden und den Vater ihr vorziehen.

Ab diesem Punkt nützt alles nichts mehr. Jetzt müssen wir schnell sein und uns in einem Zimmer einschliessen oder in den Garten rennen, ins Versteck, oder auf den Spielplatz.

Ansonsten packt uns die Hexe.

Und das tut fürchterlich weh.

Uns beiden, egal, welche es erwischt.

Heute fahren wir mit unserem Vater zur Ponyranch. Ich sitze auf dem Rücksitz des Autos und kann nicht aufhören zu schwatzen. Davon, dass ich Ponys liebe, mein Meerschweinchen Mickey und überhaupt alle Tiere. Papi und Giulia sitzen vorne und lächeln sich zu.

Ich bekomme ein geschecktes Pony mit einem kugelrunden Bauch. Mein Vater meint, wir passen gut zusammen. Ich liebe es sofort und nenne es Iltschy. So heisst der Hengst von Winnetou. Ich liebe, wie es riecht, ich streichle sein Fell und seine Mähne. Ich möchte es behalten und es am Abend mit ins Bett nehmen. Giulia bekommt einen weissen Isländer, natürlich ist er grösser und schlanker als Iltschy.

Giulia sitzt kerzengerade im Sattel und reitet ganz allein. Papi hält die Zügel meines Pferdchens und meint, ich solle nicht wie ein Kartoffelsack vornüber hängen. Giulia lacht, ich strecke ihr die Zunge raus. Ich muss mir mehr Mühe geben, um Papi zu gefallen.

Deshalb erzähle ich ihm Geschichten: Wie mein dickes Pony gross und schlank und schnell ist. Und ich die Squaw Ribanna bin.

Mein Vater hört mir nicht zu. Er unterhält sich mit Giulia über sein Auto. Und darüber, wie viele Pferdestärken es hat. Und über den FC Basel, der wieder gut gespielt hat am letzten Samstag. Nicht zuletzt dank ihm.

Nach der Ponyranch gehen wir zu Nonna und Nonno. Das machen wir immer so. Die Wohnung unseres Vaters und seiner neuen Frau haben wir noch nie gesehen. Mein Vater sagt, wir treffen uns bei seiner Mutter, damit Giulia und ich nach dem Besuchsnachmittag schneller wieder zu Hause sind. Nonno und Nonna wohnen ganz nahe. Ich sehe ihr Häuschen vom Schlafzimmerfenster meiner Mutter aus. Aber wir dürfen sie trotzdem nur an den Papi-Samstagen besuchen. So will es Mama.

Bei Nonna und Nonno gibt es jedes Mal die feinen belegten Brötchen. Ich stopfe so viele in mich rein, dass Nonna Angst hat, ich muss kotzen. Nonno und Nonna sind immer lieb zu uns. Und Nonna hört mir zu, wenn ich ihr von meinem Pony erzähle. Und von der Tanzprinzessin, die ich einmal sein werde. Sie trägt eine Schürze und nennt mich «Piccolina», und wenn sie das sagt, wird mir ganz warm.

Nonno spricht nicht oft. Vielleicht, weil er immer viel zu tun hat. Er muss nämlich den ganzen Tag rauchen und mit der alten Zigarette die neue anzünden. Sogar abends im Bett und morgens beim Zähneputzen raucht er. Zudem repariert er Velos und Mofas in seinem

Schopf neben dem Haus. Immer ist jemand da, der ein kaputtes Zweirad hat. Und so hat Nonno nie Feierabend, aber das stört ihn nicht.

Er lächelt uns an und fährt uns mit der Hand, die keine Zigarette hält, durchs Haar. Er sagt: «Siete le mie principesse.» Das ist italienisch und heisst: «Ihr seid meine Prinzessinnen.» Nonno und mein Vater trinken zusammen eine Flasche Bier und sehen fern: Velorennen und Fussballspiele. Das finde ich langweilig. Giulia und ich bleiben bei Nonna in der Küche und trinken Pepita.

«Geht es mit Mama?», fragt Nonna.

«Ja, es geht gut», antwortet Giulia und starrt in ihr Glas.

Als wir am Abend heimkommen, sind die Läden noch immer geschlossen. Meine Mutter wartet an der Türe auf uns. Sie sagt kein Wort, die Augenlider sind geschwollen. Ich sehe es, sie hat geweint. Sie will, dass wir erzählen, was wir mit unserm Vater gemacht und geredet haben. Alles, und zwar haargenau und sofort. Aber wir haben keine Lust.

Es ist schwer, nach einem Nachmittag mit Papi heimzukommen, ich bin dann traurig. Auch wegen des Ponys, das ich zurücklassen musste. Und wegen Nonna, der ich so gerne auf dem Schoss sitze. Aber das darf ich nicht sagen, denn Mama schimpft, dass Nonna die bösartigste Frau der ganzen Stadt ist. Und dass nur ihretwegen unser Vater und sie überhaupt geschieden sind. Zu uns ist Nonna nie böse. Im Gegenteil, sie ist immer nett und geduldig.

Aber das sage ich Mama besser auch nicht.

«Du wärst wohl am liebsten bei deinem Vater geblieben?», fährt sie Giulia an.

«Ja, das wäre ich», gibt Giulia trotzig zurück und bekommt aus dem Nichts eine Ohrfeige gehauen. Sie fällt hin und kann nicht mehr wegrennen.

Und dann ist alles wie immer. Die Hexe schreit und schlägt. Giulia schreit. Und ich schreie auch.

Bis die Nachbarin läutet und die Hexe in ihr Zimmer flüchtet und den Schlüssel dreht.

«Ist alles in Ordnung bei euch?», fragt die Nachbarin.

«Ja, alles gut», lüge ich und ziehe die Türe hinter mir zu, damit sie Giulia nicht sieht, wie sie auf dem Boden sitzt und weint. «Wir müssen nur den Fernseher leiser stellen. Die Pawnee haben gerade Sam Hawkins skalpiert. Der hat geschrien wie blöd.»

Die Nachbarin verdreht die Augen. Natürlich weiss sie, dass wir nicht Winnetou gucken. Winnetou läuft nicht am Samstagabend noch vor der Tagesschau.

«Macht das, aber schnell, es geht bei euch zu und her wie im hölzernen Himmel! Wenn das so weitergeht, melde ich euch beim Vorstand. Oder ich rufe direkt die Polizei!»

«Nein, bitte, tun Sie das nicht! Wir sind ab jetzt ganz leise, versprochen!»

Frühling 1971

Ich komme bald in die Schule. Mein Schulsack ist braun und er hat Abziehbilder mit orangen Schmetterlingen drauf. Ich bin stolz, ihn zu tragen, auch wenn es der alte Schulsack von Giulia ist. Giulia ist jetzt im Progymnasium und hat eine Schultasche. Ich schaue sehr zu ihr auf. In ihrem Zimmer hängen nun keine Pferdebilder mehr, sondern Poster von Männern. Die sind bleich und dünn, haben lange Haare und eine Gitarre in der Hand. Manchmal holt ein Junge aus ihrer Schule meine Schwester mit seinem Töffli ab und sie setzt sich bei ihm auf den Gepäckträger. Ihr glänzendes Haar flattert im Wind, Giulia lacht.

Ich bin pummelig, das sehe ich im Spiegel. Meine Haare sind auch immer noch kurz. Mama meint, sie sind zu dünn, um sie wachsen zu lassen. Eine Ballerina werde ich wohl auch nicht werden. Nicht nur, weil ich zu dick bin. Ich habe tatsächlich zwei linke Beine, das sagt auch Mama, denn ich schaffe noch nicht mal einen Purzelbaum, egal wie lange ich im Garten übe.

Aber ich freue mich auf die Schule, ich kann nämlich schon lesen und schreiben. Giulia hat es mir beigebracht und ich lese alle ihre Bücher. Manchmal nehme ich auch heimlich Bücher aus Mamas Büchergestell, weil mich die Titel faszinieren: zum Beispiel *Liebesnächte in der Taiga* oder *Liebe auf heissem Sand.* Das sind komplizierte Geschichten von wichtigen Männern und schönen Frauen. Was die allerdings zusammen machen, finde ich eklig. Ich vermute, das Ganze hat etwas mit Babys und den Männern in Mamas Schlafzimmer zu tun.

Ich werde eine gute Schülerin sein, das weiss ich. Und später werde ich Schriftstellerin. So wie Enid Blyton. *Hanny und Nanny* sind meine Vorbilder. Am liebsten würde ich auch in einem Internat leben, aber das ist natürlich viel zu teuer. Zudem habe ich ja keine Zwillingsschwester. Aber Giulia und ich könnten auch zusammen da wohnen. Manchmal droht unsere Mutter, dass sie uns im Kinderheim abgibt. «Leider macht sie es nicht», flüstert mir Giulia dann zu.

Giulia will Hippie werden. Mama sagt, sie spinnt, das sei kein Beruf. Giulia solle die Flatterbluse und die dreckigen Jeans ausziehen und sich hinter die Schulbücher machen. Giulia macht beides nicht und die Hexe steht im Türrahmen. Aber Giulia ist schnell, huscht an ihr vorbei und fährt ein paar Stunden auf dem Rücksitz eines Töfflis spazieren. Mama setzt sich in der Küche auf einen Stuhl und weint. Sie sagt, sie wisse nicht mehr, was sie mit Giulia machen soll. Sie will doch nur das Beste für sie. Für uns beide. Und Giulia tue ihr absichtlich weh. Und jetzt haue sie einfach ab, auf und davon, und lasse uns allein. Ich höre ihr zu und jetzt, da sie wieder Mama ist und so traurig, tut sie mir furchtbar leid.

Aber ich will auch nicht, dass sich das Schlimme wiederholt. Immer wieder, jeden Sonntag. Ich will, dass alles gut wird. Und deshalb sage ich zu Mama: «Vielleicht ist es, weil wir so oft streiten. Ich freue mich auch nie auf Sonntag, da haben wir immer Krach.»

«Was hast du gesagt? Sag mal, spinnst du? Komm sofort her!» Mama schäumt plötzlich vor Wut. Aus ihren Nasenlöchern steigt Rauch und vor meinen Augen verwandelt sie sich zurück in die abscheuliche Hexe. Ich habe einen Fehler gemacht, das wird mir klar. Jetzt wird die Hexe Kleinholz aus mir machen, sie packt mich schon am Ohr.

«Sag, dass das nicht wahr ist, sag es!»

«Es ist nicht wahr, es tut mir leid, Mama, bitte, lass mich los!»

«Was du dir immer einbildest, du hast einfach zu viel Fantasie, merk dir das! Du siehst Dinge, die es nicht gibt! Wir haben es schön zusammen, wir drei sind eine glückliche Familie, und du spinnst. Ich lasse mich doch von einem frechen Balg wie dir nicht verleumden. Verzieh dich in dein Zimmer, schäme dich. Ich will dich heute nicht mehr sehen!»

Ich schleiche die Treppe hinauf in mein Zimmer. Ich sollte froh sein, dass es so glimpflich abgelaufen ist, immerhin hat die Hexe nicht zugeschlagen. Dennoch schäme ich mich für das, was ich gesagt habe. Was ist, wenn meine Mutter recht hat und ich Dinge sehe, die es gar nicht gibt? Dann bin ich nicht ganz richtig im Kopf und komme vielleicht in die «Spinnwindi». Das ist ein grässlicher Ort mit Gittern an den Fenstern, wo sie alle einsperren, die einen Vogel haben. Ich muss lange und heftig weinen. Es schüttelt mich vor Angst, dorthin gebracht zu werden.

Und um mich zu trösten, lese ich Walter Farley: *Blitz schickt seinen Sohn.* Blitz ist ein Vollblutpferd und mutig. Er ist auch ein guter Vater und er beschützt seinen Sohn. Und er weiss immer, was Recht und was Unrecht ist.

In den Büchern, die ich lese, gibt es keine Hexen. Es gibt die Guten und die Bösen. Und wenn sie lange genug kämpfen, siegen die Guten. Immer, zum Glück.

Irgendwann wird auch bei uns alles gut.

Endlich werde ich müde und schlafe ein.

Am Morgen weckt mich Giulia. Mama ist wie immer im Büro.

«Zieh dich an, du Siebenschläfer, wir machen eine Reise!»

«Was für eine Reise, ich muss doch in den Kindergarten.»

«Nein, wir fahren nach Italien. Zia Armelia wartet auf uns, sie macht dort Ferien und hat uns eingeladen.»

«Aber ich weiss nicht, wo Italien ist, und überhaupt wird Mama sehr wütend werden, wenn wir nicht in den Kindergarten und zur Schule gehen.»

«Mama ist sowieso immer wütend. Also entweder du kommst mit, oder ich reise allein.»

Natürlich gehe ich mit Giulia. Ohne Giulia bin ich tot.

«Reisen wir mit dem Flugzeug? Vielleicht sitzt mein Götti im Cockpit!»

Giulia lacht. «Mein liebes Baby, nach Italien fährt man mit dem Zug. Ausser man ist steinreich.»

«Giulia, denkst du, dass ich spinne?»

«Wie kommst du denn darauf?»

«Mama hat es gestern zu mir gesagt.»

Giulia schaut mich streng an. «In diesem Haus spinnt nur eine. Und das ist Mama, merk dir das!»

Ich fange wieder an zu weinen und Giulia sagt: «Hör auf zu weinen Baby, bald wird alles gut.»

Im Zug nach Italien hat es einen Schaffner. Er trägt einen Hut und knipst die Billette, die ich ihm hinhalten darf. Ansonsten läuft er die ganze Zeit im Zug auf und ab und sagt die nächste Station an. Er lächelt uns freundlich zu, wenn er an uns vorbeigeht. Wir sitzen zu zweit in einem Vierer-Abteil und spielen *Ich sehe etwas, was du nicht siehst.* Irgendwann habe ich Hunger. Wir essen die belegten Brötchen, die Giulia am Bahnhof gekauft hat. Sie sind frisch und saftig und am liebsten hätte ich noch ein zweites und ein drittes.

«Giulia, woher haben wir eigentlich Geld für Brötchen?»

«Von Nonna», antwortet Giulia und schaut wieder zum Fenster hinaus.

«Warum reist ihr zwei allein?», fragt der Schaffner plötzlich und bleibt stehen.

«Weil unsere Mutter arbeitet und wir zu unserer Tante in die Ferien fahren», antwortet Giulia.

«Aber es sind doch gar keine Schulferien!»

«Wir haben extra frei bekommen.»

«Und wo ist die Tante in den Ferien?»

«In Como.»

«Wo in Como? Nenn mir ihre Adresse und ihren Namen.»

«Armelia Gombri.»

«Und ihre Adresse?»

Die weiss Giulia leider nicht.

In Chiasso befiehlt uns der Kontrolleur, mit ihm auszusteigen. Neben ihm stehen jetzt zwei Männer in Uniform und schauen uns streng an. Obwohl ich keine Ahnung habe, was gerade passiert, verstehe ich, dass es nichts Gutes ist. Wahrscheinlich ist es für Kinder verboten, allein nach Italien zu reisen. Giulia weint. Sie fleht: «Bitte, lassen Sie uns weiterreisen, wir haben wirklich Verwandte in Italien. Wenn unsere Mutter uns erwischt, bringt sie uns um.»

«Na so schlimm wird's schon nicht werden. Ihr seid nicht die ersten Ausreisser, die ich wieder sicher nach Hause bringe. Jetzt gehen wir erst mal zu mir heim, ihr habt sicher Hunger.»

Ich finde den Kontrolleur eigentlich nett und Hunger habe ich sowieso.

Die Frau des Kontrolleurs ist dick und freundlich. Es gibt Birchermüesli und frisches Brot und sie freut sich, dass ich so viel ich essen kann wie ein starker junger Mann. Wenn sie spricht, bleiben die Haferflöckli in ihrem Schnauz hängen. Das sieht lustig aus. Überhaupt finde ich es komisch, dass eine Frau einen Schnauz hat. Giulia isst keinen Bissen und sagt kein Wort. Sie starrt stumm zum Fenster hinaus.

Irgendwann aber muss Giulia den Namen meiner Mutter und unsere Telefonnummer nennen. Der Kontrolleur geht ans Telefon und wählt die Nummer. Er redet lange mit Mama. Als er zurückkommt, lächelt er.

«Kopf hoch, so eine nette Frau, eure Mutter. Sie ist so erleichtert, dass ich euch gefunden habe, sie war in Todesangst um euch. Sogar die Polizei hat sie schon alarmiert. Ihr müsst mir versprechen, dass ihr eurer Mutter nie wieder so etwas antut, das macht man einfach nicht! Eine Nacht müsst ihr hierbleiben, sie kann euch erst morgen abholen.»

Die Frau des Kontrolleurs nickt und sagt: «Jawohl, ihr müsst euch wirklich entschuldigen bei ihr, eine Mutter liebt ihre Kinder mehr als sich selbst, und mit eurem Weglaufen habt ihr eurer Mama fast das Herz gebrochen.»

In der Nacht weckt mich Giulia und zieht mich an. Leise schleichen wir zur Tür, doch die ist verschlossen und der Schlüssel verschwunden. Giulia weint und bringt mich wieder zurück ins Bett.

Meine Mutter läutet am nächsten Tag zur Mittagszeit. Wir essen gerade Ravioli und Kopfsalat. Ich verstecke mich zur Sicherheit unter dem Tisch.

Aber Mama ist ganz lieb und sagt, ich solle doch hervorkommen. Sie umarmt uns beide. Dankt dem Kontrolleur und seiner Frau und schenkt ihnen Pralinés von Beschle. Sie trinkt einen Kaffee, und gemeinsam scherzen sie über die Abenteuerlust von uns frechen Mädchen.

«Mama, es tut mir so leid», sagt Giulia und ich nicke und sage: «Mir auch.» Auch wenn ich noch immer nicht weiss, was genau wir angestellt haben.

«Wir machen alle Fehler», sagt Mama lieb, «wir sprechen später darüber.»

Auch im Zug nach Hause bleibt Mama ruhig und freundlich und ich kuschle mich auf ihren Schoss.

Erst als wir daheim sind und die Türe hinter uns zufällt, fragt Mama scharf:

«Woher war das Geld für die Reise?»

«Von Nonna», antwortet Giulia und schaut zu Boden.

«Diese hinterhältige Drecksau!», schreit Mama.

Dann schlägt die Hexe zu.

Diesmal kommen wir beide dran.

Sommer 1971

Leider sind jetzt Sommerferien, dabei würde ich viel lieber zur Schule gehen. Die ganzen sechs Wochen lang. Zu Fräulein Meyer. So heisst meine Klassenlehrerin.

Die Schule ist jetzt mein Daheim. Vor allem seit Giulia nicht mehr bei uns wohnt. Seit ein paar Wochen lebt sie bei unserem Vater. Nach unserer Reise nach Italien bekam Giulia einen Beistand. Das ist ein Mann, der sich um sie kümmert, weil das sein Beruf ist. Ihm hat Giulia gesagt, dass sie bei Papi leben will.

Der Mann besuchte uns das erste Mal, ein paar Tage nachdem wir von unserer Reise nach Italien zurückgekommen waren. Giulia hatte ein blaues Auge und Flecken an den Armen. Ich hatte ein paar Haare weniger auf dem Kopf, aber das fiel niemandem auf. Meine Mutter jammerte, wie frech wir seien. Und dass wir ihr auf der Nase herumtanzen. Da hat der Beistand gesagt, er rede mit meinem Vater und wir finden eine Lösung.

Mein Vater hat dann zuerst mit seiner neuen Frau gesprochen. Dann hat er mit dem Beistand geredet, und dann durfte Giulia die Koffer packen und zu ihm ziehen. Für mich hat es bei Papi leider keinen Platz. Und jemand muss ja bei Mama bleiben und auf sie aufpassen, sonst ist sie ganz allein. Und wenn sie allein ist, geht es ihr noch schlechter als sowieso schon.

Mama verflucht den Beistand, der unsere Familie auseinandergerissen hat. Und Giulia, die uns im Stich gelassen hat. Ich vermisse Giulia sehr. Auch weil es die Besuchstage alle zwei Wochen bei Papi jetzt nicht mehr gibt. Der Beistand meint, es sei besser für alle. Weil es alle immer so aufregt, Mama und Giulia und mich.

Aber so sehe ich auch Nonna und Nonno nicht mehr. Mama will nicht, dass ich noch mit den beiden spreche. Einmal, als ich ins Lädi einkaufen gehe, steht Nonna am Fenster und winkt. Ich gehe zu ihr hin und sie sagt mir, dass sie mich liebhabe und mich vermisst. Und dass sie immer für mich da sei, wenn ich sie brauche. Ich sage ihr, dass es mir gut geht und Mama ganz lieb zu mir ist. Danach weine ich, bis ich beim Lädi bin.

Das Gute ist, dass ich jetzt eine Freundin habe. Sie wohnt in der achten Reihe, drittes Haus, Hausnummer 157, und wir gehen in die gleiche Klasse.

Fräulein Meyer hat noch nie geschimpft und noch nie jemanden geschlagen. Ich möchte so sehr, dass sie stolz auf mich ist. Ich gebe mir viel Mühe in der Schule und ich bin wirklich gut. Schreiben und lesen kann ich wie eine Viertklässlerin, sagt Fräulein Meyer. Auch im Rechnen geht's ganz gut, obwohl ich das langweilig finde. Nur im Turnen hapert's. Ich komme die Stange nur zwei, höchstens drei Züge hoch. Dann plumpse ich wie ein Sack wieder runter. Beim Wettrennen bin ich immer die Letzte und wenn mir meine Freundin beim *balle brûlée* den Ball zuwirft, fange ich ihn nur selten.

Meine Freundin heisst Sabine und ist super im Turnen, dafür kann sie nicht gut schreiben. So mache ich ihre Schreibaufgaben und sie wählt mich dafür beim Turnen in ihre Gruppe, damit ich nicht übrigbleibe.

Jetzt in den Ferien spielen wir jeden Tag zusammen. Wir spielen mit Giulias Puppe, die sie zurückgelassen hat, wir spielen im Garten mit Mickey, oder ich lese uns Enid Blyton vor. *Dolly die Klassensprecherin* ist unser Lieblingsbuch. Zur Mittagszeit gehen wir zu Sabine, weil ihre Mutter immer kocht. Auch ihr Vater ist zum Essen daheim und ihre beiden Brüder. Sabines Mutter sagt, es sei genug da für alle, auch für mich. So setzte ich mich dazu und esse mit, obwohl Mama mir das verboten hat.

«Was denken denn die Leute von mir, wenn du dich immer an fremde Tische setzt? Geh nach Hause und koche dir selbst etwas, du bist längst alt genug.»

Manchmal bereitet Mama auch etwas für mich vor. Gurkensalat und Gratin mit Schinken und Käse. Der schmeckt wirklich gut. Aber sie kocht nur selten. Oft stehe ich vor dem Kühlschrank und finde nichts darin. Nur schimmligen Käse, saure Milch und Senf. Und Geld zum Ravioli kaufen, hat es auch keines. Also esse ich halt bei Sabine und ihrer netten Familie.

An diesem Freitagabend kommt Mama gut gelaunt nach Hause. Sie hält einen Korb in der Hand, aus dem zwei lange Ohren schauen. «Guck, mein Liebling, ich habe dir etwas mitgebracht. Damit Mickey und du nicht so allein seid, wenn ich arbeite.»

Im Korb sitzt ein Hase. Also vielmehr ein Häschen. Es ist schwarz und um die Augen hat es braune Ringe. Es ist der schönste Hase, den ich je gesehen habe. Ich umarme Mama und nehme das Häschen auf den Arm und trage es in den Garten zu Mickey. Es riecht nach Honig. Es riecht golden. Es riecht nach Glück.

Jetzt wird endlich alles gut! Ja, ich bin mir sicher, der Hase schafft es, dass Mama nie mehr böse wird.

«Danke Mama, du bist die beste Mama der Welt!» Ich will sie gar nicht mehr loslassen.

«Gell, ich bin doch nicht so schlimm, wie alle immer sagen», antwortet Mama und küsst mich auf die Stirn.

«Nein Mama, du bist die Beste und ich hab dich unendlich lieb!»

Am Abend geht Mama aus. Sabine darf zu mir kommen und zusammen spielen wir mit Mickey und Blacky, so habe ich den Hasen getauft. Wir lassen die beiden durch den Garten rennen. Sie verstehen sich so gut wie Sabine und ich. Um acht Uhr muss Sabine daheim sein. Ich begleite sie zum Gartentor und wir schwören uns ewige Freundschaft.

Später, als ich schon fast im Bett bin, läutet das Telefon. Um diese Zeit darf ich meinen Namen nicht nennen, wenn ich abnehme. Ich darf nur «Hallo» sagen. Falls es ein Verbrecher ist oder ein Kinderschänder, der anruft.

Aber es ist Giulia. Sie weint. Es ist nicht schön bei Papi. Er hat keine Zeit für sie und sie muss die alten Kleider der neuen Frau auftragen. Die ist auch gemein zu ihr und sagt, sie koste zu viel Geld. Und überhaupt interessiert sich Papi nur für die neue Frau und für seinen Fussball und kein bisschen für Giulia. Giulia schluchzt und mir wird ganz elend, weil es ihr so schlecht geht.

«Komm doch nach Hause, Giulia. Wir haben jetzt einen Hasen, der ist so lieb und so süss, ich bin mir sicher, jetzt wird alles gut! Mama hat sich auch schon lange nicht mehr in die Hexe verwandelt.»

«Ach, Adelina. Wie lange denn nicht?»

«Die ganzen Sommerferien lang»

«Adelina, die Ferien haben doch gerade erst begonnen.»

«Giulia, komm heim, bitte, bitte, ich vermisse dich!»

«Ich vermisse dich auch mein Baby, aber ich kann nicht mehr heimkommen.»

«Aber warum denn nicht?»

«Weil die Hexe mich dann umbringt.»

Zwei Wochen später kommt Giulia trotzdem wieder heim. Sie läutet an der Tür und weint. Meine Mutter schickt sie in ihr Zimmer: «Zieh Leine, du Flittchen, geh mir aus den Augen und schäm dich!»

Herbst 1971

Leider wird dann doch nicht alles gut.

Trotz dem Hasen nicht.

Giulia und Mama streiten noch öfter als früher. Mama schreit, Giulia sei verlogen. Und schlecht. Genau wie unser Vater. Giulia sagt, Mama sei eine dumme Sau. Das sagt sie Mama auch einmal ins Gesicht. Und rennt dann blitzschnell davon. Sie setzt sich bei ihrem Freund, der vor dem Haus auf sie wartet, aufs Töffli und zusammen brausen sie davon. Mama schreit ihr hinterher: «Lass dich hier nie mehr blicken, du Hure, sonst rufe ich die Polizei!»

Die Polizei kommt schliesslich tatsächlich. Mit Blaulicht und zwei Männern in Uniform. Und die ganze Genossenschaft sieht zu. Gerufen hat sie aber nicht Mama, sondern die Nachbarin, weil es bei uns mal wieder zu und herging wie im hölzernen Himmel. Die anderen Nachbarn schauen aus den Fenstern und bleiben vor der Türe stehen. Sie murmeln und flüstern: «Wir haben's ja immer gewusst, mit der Alten stimmt etwas nicht. Und die Mädchen sind auch irgendwie missraten.»

Mama weint. Der Polizist fragt: «Was ist passiert?» und nimmt sie in den Arm. Die arme Frau. Wo ist denn der Vater der Kinder? Einfach abgehauen mit einer anderen. So viel Unrecht hat die Frau erlebt. So viel Leid wurde ihr angetan. Wie unfair das Leben doch sein kann! Und wo ist überhaupt ihre ganze Familie?

Mama erzählt ihm von ihrer Mutter, die sich nicht um sie kümmert und von ihrem Bruder, der lieber in der Welt herumfliegt, als ihr zu helfen.

Da ruft der Polizist Oma an und sagt zu ihr: «Ihre Tochter braucht Hilfe!»

Oma verspricht, am nächsten Tag zu kommen.

Mich fragt niemand etwas. Also gehe ich in mein Zimmer und lese. *Blitz bricht aus.* Mickey und Blacky rennen und hoppeln im Zimmer auf und ab und Blacky kitzelt mit seinem Schnäuzchen mein Ohr.

Morgen werde ich alles Sabine erzählen, obwohl ich mich wegen der Polizei schäme. Und morgen kommt Oma, dann gibt es ein wunderbares Mittagessen.

Januar 1972

Es ist endlich passiert: Mama hat einen neuen Mann gefunden! Giulia und ich haben ihn auch schon kennengelernt.

Leider sieht er überhaupt nicht gut aus, nicht so wie mein Vater. Er hat einen dicken Bauch und fast keine Haare mehr auf dem Kopf. Dafür wachsen sie ihm aus den Ohren. Aber er ist nett und ehrlich und das sei viel wichtiger als das Aussehen, sagt Mama. Er lädt uns zu sich nach Hause ein und zeigt uns seinen Garten. Der ist viel grösser als unserer. Das wird Mickey und Blacky gefallen, falls wir hier einziehen werden.

Dann schauen wir sein Haus an, es ist riesig und alles ist aufgeräumt und sauber.

«Oh, wie schön sauber hier alles ist, hier will ich wohnen!», sage ich.

Giulia flüstert mir ins Ohr: «Und wer denkst du, wird das alles putzen?»

Der neue Mann hört es und sagt, er habe eine Putzfrau. Mama strahlt ihn an, ihre roten Lippen leuchten.

Nach der Besichtigung gibt es Zvieri: Eine Apfelwähe mit Schlagrahm und für die Erwachsenen Kaffee. Für Giulia und mich hat der neue Mann Coca-Cola gekauft, richtige Fläschchen wie im Restaurant. Der Mann fragt uns, wie es in der Schule laufe. Ich erzähle ihm von Fräulein Meyer und von Sabine und davon, dass ich ihre Aufsätze schreibe. Und sie mir dafür im Turnen hilft, weil ich da leider eine Flasche bin.

Mama unterbricht mich lächelnd. «Adelina ist unsere Plaudertasche. Aber sie ist lieb und ein offenes Buch wie ich. Giulia hingegen ist verstockt und schlägt leider mehr nach ihrem Vater.» Der neue Mann nimmt Mamas Hand in seine und nickt.

«Lasst uns Erwachsene jetzt noch etwas allein und geht in den Garten spielen», sagt Mama.

Giulia meckert, weil Mama sie wieder mit unserm Vater verglichen hat. Und weil es draussen eiskalt ist. Wir wissen nicht, was wir spielen sollen, also hocken wir uns auf die vereiste Hollywood-Schaukel und langweilen uns.

«Ich will nicht hierher ziehen», sagt Giulia.

«Warum nicht, es ist doch schön hier und alles ist aufgeräumt.»

«Ich mag den Mann nicht und ich will die Schule nicht wechseln.»

«Warum die Schule wechseln?», frage ich erschrocken.

«Na, weil das Kanton Basel-Land ist und wir bis jetzt im Kanton Basel-Stadt wohnen. Wenn man den Kanton wechselt, muss man auch die Schule wechseln.»

«Dann will ich auch nicht umziehen.»

«Glaubst du denn wirklich, uns wird irgend jemand fragen, was wir wollen?»

Am nächsten Tag hat Mama gute Laune und das, obwohl Sonntag ist. Sie telefoniert fast den ganzen Tag mit dem neuen Mann. Am Abend kocht sie Teigwaren mit Tomatensauce und ruft: «Das Essen ist fertig, ihr Schätzchen. Zu Tisch!»

Dann erzählt sie uns, wie es weitergehen wird: Wir werden zu dem Mann ziehen. Mama und er werden heiraten. Wir werden alle sehr glücklich sein und keine Geldsorgen mehr haben.

«Und die Schule?», fragt Giulia muffig.

«Die müsst ihr wechseln, aber das ist ja keine grosse Sache.»

Frühling 1973

Mit dem neuen Mann stimmt schlussendlich doch etwas nicht. Zuerst streiten Mama und er sich. Danach versöhnen sie sich wieder und küssen sich. Aber dann streiten sie sich immer öfter. Wegen der Zügelfirma, die zu teuer ist. Wegen seiner Vorhänge, die Mama nicht gefallen und die sie abnehmen will. Und wegen der ersten Frau des Mannes, die er noch immer liebt, wie Mama herausgefunden hat, was er abstreitet und nicht zugeben will. Mama ist sich aber ganz sicher, weil sie das als Frau spürt.

Wir verdrücken uns in unsere Zimmer, Giulia hört Uriah Heep, *Lady in Black*, hundert Mal hintereinander. Ich lese Enid Blyton, *Dolly, ein Pferd im Internat*. Seit wir unseren Vater am Samstag nicht mehr besuchen, gehen wir natürlich auch nicht mehr zur Ponyranch. Ich möchte so gerne ein eigenes Pony haben. Und ich würde so gerne Nonna und Nonno wiedersehen.

Nur zu Weihnachten und an unseren Geburtstagen dürfen wir sie besuchen. Dort wartet dann auch unser Vater mit seiner neuen Frau auf uns. Aber wir wissen nicht, was wir miteinander reden sollen. Mama sagt, wir dürfen nicht erzählen, was daheim läuft, ausser dass sie eine gute Mutter sei. Also sagen wir gar nichts. Ich weiss zwar, dass der schöne, blonde Mann mein Vater ist. Aber ich nenne ihn nicht mehr Papi, auch nicht in Gedanken.

Nonna macht noch immer die feinen Brötli. Und wir bekommen grosse Geschenke. Nonna strickt uns Pullover, die sind so schön und so modern wie aus dem Laden. Und wir kriegen immer ein Steiff-Tier geschenkt und hundert Franken. Über das Geld freuen wir uns aber nicht wirklich. Das geben wir am Abend, wenn wir heimkommen, unserer Mutter ab, damit sie sich nicht in die Hexe verwandelt. Mama nimmt die Banknoten und weint vor Freude, weil sie jetzt wieder Geld im Portemonnaie hat und weil wir so gute Mädchen sind.

Mama und der neue Mann streiten jetzt jedes Mal, wenn er zu Besuch kommt. Einmal wirft Mama eine Tasse nach ihm. Obwohl sie ihn nicht trifft, steht er auf und kommt nie mehr zurück.

Giulia und ich sind nicht traurig darüber, denn jetzt können wir weiterhin in unsere Schule gehen. Sabine und ich hatten schon Pläne gemacht, wie wir uns trotzdem sehen könnten, und dass wir uns jeden Tag schreiben würden. Giulia hatte auch Pläne: «Lieber gehe ich in ein Heim oder auf die Kurve als zu dem alten Knacker.»

So gesehen ist jetzt alles einfacher. Ausser am Sonntag natürlich. Da kommt die Hexe wieder regelmässig. Meistens sind wir schnell genug, manchmal leider nicht.

«Ein neuer, besserer Mann, der zudem im gleichen Kanton wohnt, ist die Lösung für uns zwei», meint Giulia. «Und vielleicht auch für Mama.»

Zum Glück ist Mama auch nicht lange traurig.

Und schon bald duftet es am Samstagmorgen wieder nach frischem Kaffee.

Dezember 1974

Ich bin jetzt in der dritten Klasse. Ich bin die Chefin der Roten und Sabine ist die Chefin der Blauen. Sabine ist mittlerweile eine gute Schülerin. Ich bin noch immer die zweitschlechteste im Turnen. Schlechter ist nur noch der doofe Christian. Der schafft an der Stange noch nicht mal zwei Züge.

Dafür bin ich die Beste im Deutsch. Ich schreibe die spannendsten Aufsätze und Geschichten. Fräulein Meyer liest sie immer der Klasse vor und dann bin ich unendlich stolz.

Giulia geht aufs Gymnasium, aber die Schule findet sie blöd. Ihre beste Freundin sagt, sie mache eine Lehre, da verdiene man Geld und müsse nicht so viel büffeln. Giulia findet das eine gute Idee. Mama ist dagegen. Wir sollen die Matur machen und studieren und nicht so dumm sein wie sie und als Tippmamsell enden.

Vor Weihnachten fahren Mama und ich nach Lörrach einkaufen, wo alles billiger ist. Während Mama in der Kleiderabteilung ist, bin ich bei den Spielwaren. Ich will schauen, welches Steiff-Tier ich mir von meinem Vater und Nonna und Nonno wünschen soll. Es gibt Eulen, Schildkröten, Hamster und eine herzige Robbe.

Aber dann, wie aus dem Nichts, steht es plötzlich vor mir: mein Pony! Es ist grau mit weisser Mähne und weissem Schwanz. Auch ein braunes Zaumzeug hat es und einen Sattel mit Steigbügeln. Man kann auf ihm schaukeln oder die Rädchen rausklappen und es ziehen. Es hat wunderschöne braune Augen und es duftet so fein, fast wie ein richtiges Pferdchen. Mein Herz schlägt schnell, ich bin komplett aus dem Häuschen. Ich will, nein, ich *muss* dieses Pony haben! Ich renne in die Kleiderabteilung und suche Mama. Ich finde sie in der Umkleidekabine unter einem Blumenkleid und erzähle ihr alles.

«Komm schnell, Mama komm, du musst es sehen, es ist das schönste Pony, das ich je gesehen habe!»

Mama bezahlt das Kleid und kommt mit mir zu den Spielsachen. Ich umarme das Pony, sie fragt die Verkäuferin, ob ich mich draufsetzten dürfe. Ich setze mich auf Iltschy und reite mit ihm über grüne Wiesen und durch die staubige Prärie und weiss, dass ich das Tier nie mehr hergeben will.

335 Deutsche Mark kostet Iltschy. Das können wir uns nicht leisten, das weiss ich. Unter Tränen verabschiede ich mich von meinem Tier. Ich verspreche ihm, dass ich wiederkomme. Ich verspreche ihm, dass wir zusammengehören.

Auf der Fahrt nach Hause weine ich ohne Unterbruch.

«Schätzchen, du hast doch Mickey und Blacky», versucht Mama mich zu trösten.

Aber ich bin nicht zu trösten. Ich will noch nicht einmal etwas essen, obwohl Mama frisches Brot gekauft hat. Ich gehe ins Bett und weine mich in den Schlaf.

Am Morgen auf dem Weg zur Schule erzähle ich alles Sabine und heule schon wieder.

Sie nimmt mich in den Arm und sagt: «Lass uns versuchen, ein Pferdchen zu basteln. Aus Holz oder Karton.»

Aber ich will kein Pferdchen aus Holz oder Karton. Ich will Iltschy, weich und aus Plüsch. Ich will auf ihm schaukeln und es durch den Garten ziehen. Ich will ihm Wasser und Hafer geben und ich will nachts neben ihm einschlafen.

Am Abend kommt der neue Mann von Mama bei uns vorbei. Den wird sie bestimmt nicht heiraten, denn der hat schon eine Frau. Von der bekomme er allerdings keine Liebe, sagt Mama. Deshalb kommt er zu ihr, wenn er auf Durchreise ist. Eigentlich wohnt er ganz weit weg, im Norden von Deutschland. Er ist Direktor einer grossen Firma, deshalb muss er oft in die Schweiz reisen.

Ich finde ihn nett, und zudem ist Mama gut gelaunt, wenn er kommt. Da er nie lange bleibt, streiten sie auch nicht. Aber an diesem Abend will ich ihn nicht begrüssen, ich bin noch immer todtraurig wegen Iltschy. Er kommt an meine Tür und fragt, was los sei. Ich erzähle ihm alles. Er nimmt sein Portemonnaie aus seiner Jackentasche. Nimmt drei Hundert-DM-Scheine und einen Fünfziger heraus. Riesige Scheine. Drückt sie mir in die Hand.

«Geh, mein Mäuschen, und kauf dir dein Pferd!»

Ich kann es nicht glauben, ich kann vor Freude kaum atmen. Ich umarme ihn, ich weine, danke, danke, danke! Danke immer wieder!

«Mama, gehen wir Iltschy gleich holen?»

«Mein Schatz, die Geschäfte sind geschlossen, aber wenn du willst, fahren wir morgen, sofort nach der Arbeit, und holen dein Pony.»

Der nächste Tag ist unendlich lang. Auch die Fahrt nach Lörrach will nicht enden.

Was, wenn Iltschy nicht mehr da ist? Wenn ein anderes Kind mein Pony schon bei sich zu Hause stehen hat, auf ihm reitet, es striegelt und es liebhat? Dann werde ich sterben, da bin ich mir sicher.

Endlich hat Mama einen Parkplatz vor dem Warenhaus gefunden.

Ich renne die Rolltreppe hoch in die Spielwarenabteilung. Mein Herz schlägt wie verrückt. Bitte, bitte, lieber Gott, mache, dass Iltschy noch da ist. Und dann sehe ich mein Pony endlich, es steht da, am gleichen Ort wie vorgestern und wartet auf mich. Ich glaube, es wiehert mir zu. Ich renne zu ihm, küsse und umarme es.

«Iltschy, hier bin ich, ich komme dich holen, wie ich es dir versprochen habe. Mama wird dich an der Kasse bezahlen und dann kann uns nichts und niemand mehr trennen.»

«Was für ein süsses Mädchen sie haben», sagt die Verkäuferin zu Mama.

«Ich weiss», sagt Mama. «Sie ist mein Ein und Alles.»

«Soll ich das Pferd in die Schachtel packen?»

Oh nein, wir wollen keine Schachtel. Ich führe Iltschy am Zaumzeug zum Lift und aus dem Warenhaus. Mama geht lächelnd neben mir. Die Leute schauen uns hinterher und nicken anerkennend mit dem Kopf. Ich bin so stolz und so glücklich wie noch nie in meinem Leben.

Sabine wartet daheim schon auf mich. Gemeinsam bauen wir Iltschy aus Karton einen Stall. Das ist ziemlich schwierig, denn er muss so gross sein, dass auch ich Platz darin habe. Giulia hilft uns und endlich wächst die Hütte in die Höhe. Ab jetzt schlafe ich nicht mehr in meinem Bett, sondern bei Iltschy im Stall.

Mama ist in der Küche und kocht Hörnli-Gratin mit Schinken für alle. Sogar einen Salat gibt es dazu. Giulia fragt Mama, ob sie in den Ausgang dürfe.

«Sicher, mein Schatz, aber um zehn bist du daheim.

Und ihr zwei geht wieder rauf zum Spielen, das arme Pferd ist bestimmt schon ganz einsam.»

«Und die Küche?», frage ich.

«Die mache ich. Das ist doch keine grosse Sache.»

Januar 1975

«Ich will eine Lehre machen, ich geh' nicht länger zur Schule. Bitte, Mama, der Beistand hilft mir auch, eine Lehrstelle zu finden.»

«Aha, mit dem hast du dich also schon abgesprochen, einmal mehr, ohne es mir zu sagen. Dann mach doch, was du willst, du hörst ja sowieso nicht auf mich.»

«Mama, ich will arbeiten, das ist doch nichts Schlechtes.»

«Du weisst ja gar nicht, was arbeiten heisst, du faules Stück! Schau bloss, wie unser Haus wieder aussieht. Wer soll dich schon anstellen?»

«Ich bin überhaupt nicht faul! Du bist so gemein, ich hasse dich!»

«Werd bloss nicht frech, sonst kriegst du eine gepfeffert.»

«Weisst du was, schlag mich doch, na mach schon, das ist ja sowieso das Einzige, was du kannst.»

«Du Hure, das sagst du nicht noch einmal zu mir! Dir werd ich's zeigen!»

«Die einzige Hure hier bist du!»

Und dann ist Giulia blitzschnell aus dem Haus und in Windeseile um die Ecke. Die Hexe ruft ihr hinterher, sie solle sich hier niemals mehr blicken lassen, sonst bringe sie sie um, dieses elende Miststück.

Und dann, wieder im Haus, schreit sie nach mir: «Adelina, komm sofort hierher!»

Aber ich sitze bei Iltschy im Stall und habe meine Zimmertür abgeschlossen. Als ich das Wort «Hure» hörte, habe ich sofort den Schlüssel gedreht, denn natürlich weiss ich jetzt, was es bedeutet.

Die Hexe schreit weiter und tritt gegen die Tür meines Zimmers.

«Mach sofort auf, sonst trete ich die Tür ein.»

«Wenn du das machst, springe ich aus dem Fenster», schreie ich zurück, aber die Hexe hämmert und poltert weiter.

Da endlich klingelt die Nachbarin. Heute öffnet ihr niemand. Die Hexe schliesst sich in ihrem Zimmer ein und ich bleibe in meinem. Ich pinkle in Iltschys Wasserschale, so bin ich auf der sicheren Seite.

Natürlich haben alle Hunger. Für Iltschy, Mickey und Blacky gibt es frisches Heu. Für mich ein Stück altes Brot und einen Apfel. Beides habe ich vom Pausen-Znüni aufbewahrt, für einen Notfall wie heute.

Am Morgen ist Giulias Zimmer leer. Sie ist nicht zurückgekommen und sie wird auch nicht mehr zurückkommen. Die Nachbarin hat die Polizei angerufen und die hat den Beistand informiert. Giulia bleibt jetzt bei ihm, bis sie eine Lehrstelle gefunden hat und in ein Lehrlingsheim ziehen kann.

Ich bin jetzt zehn Jahre alt. Und ab sofort sind wir endgültig nur noch zu dritt.

Meine Mutter, die Hexe und ich.

Sommer 1976

Ich darf mit Sabine ins Tessin fahren, sechs Wochen lang. Sabines Vater ist Lehrer und ihre Mutter Hausfrau, deshalb haben sie so lange Ferien wie wir Kinder.

Die Reise geht über den Gotthard, auf dem Pannenstreifen stehen viele Autos mit rauchenden Motoren. Der Volvo von Sabines Vater zieht an allen vorbei und wir vier Kinder singen auf dem Rücksitz laut und falsch *Das alte Haus von Rocky Docky*.

Das Ferienhaus steht in Avegno im Maggiatal. Früher war es ein Stall, doch dann hat es der Vater umgebaut und jetzt hat es Platz für die ganze Familie und mich noch dazu. Vor und hinter dem Haus stehen Geissen- und Schafställe, es riecht nach frischem Stroh und Tieren. Weil es so viele Fliegen hat, bezahlt uns Sabines Vater einen Rappen für jede tote Fliege, die wir ihm bringen.

Wir sind stundenlang auf der Jagd und füllen leere Zündholzschachteln mit Fliegenleichen. Sabine und ich sind ein Team und ihre beiden Brüder sind unsere Gegner. Gegenseitig schnappen wir uns die toten Fliegen weg. Am Abend werden die Leichen gezählt. Wir Mädchen gewinnen immer. Einmal schaffen wir es auf einen Franken und 80 Rappen. Danach stellt der Vater die Bezahlung der Fliegenjagd ein.

Tagsüber schwimmen wir in der Maggia. Zur Mittagszeit steigen wir hungrig aus dem eisigen Wasser und essen tropfend und schlotternd Panini mit Coppa und Salami. Danach dürfen wir zwei Stunden nicht ins Wasser gehen. Wir schmieren uns mit Melkfett ein und legen uns in die Sonne oder gehen den Fluss entlang und sammeln Steine.

Bald sind wir so braun wie die Einheimischen und meine Haare werden lang und von der Sonne lichthell. Und wir wachsen. Einige Zentimeter in nur wenigen Wochen. Jeden Abend stellen wir uns der Reihe nach an die Küchenwand im Häuschen und der Vater macht Striche mit einem Bleistift. Nach vier Wochen bin ich zwei Zentimeter gewachsen und die Hosen rutschen mir runter. «Das kommt vom Schwimmen», sagt Sabines Mutter. «Schwimmen macht schlank.»

Am 1. August ist ein grosses Fest auf dem Dorfplatz in Maggia. Der Vater von Sabine stutzt sich den Bart und zieht ein weisses Hemd an. Die Mutter trägt ein Minikleid und Sandalen mit hohen Absätzen. Sabine und ich stehen stundenlang vor dem Spiegel, bis wir wissen, was wir anziehen sollen.

Auf dem Fest wird gegessen, gelacht und geschwatzt. Wir hören nur italienisch, wir sind tatsächlich die einzigen Deutschschweizer hier. Es spielt eine Liveband und Sabine und ich wollen tanzen wie ihre Eltern. Aber ihre Brüder finden das peinlich und rennen vom Festgelände in die dunkle Nacht davon.

«Volete ballare?» Vor uns stehen drei Jungs und zeigen auf die Tanzfläche. Wir erkennen sie wieder, denn wir haben sie schon ein paar Mal am Fluss gesehen, und sie uns auch. Heute sagen sie uns auch, wie sie heissen:

Flavio, Massimo und Piero.

Sabine schnappt sich die Hand von Flavio und weg sind sie, auf der Tanzfläche verschwunden. Jetzt muss ich mich entscheiden. Zwischen Massimo und Piero. Beide haben tiefschwarze Augen und wilde Locken.

Warum ich schliesslich Massimos Hand nehme, weiss ich nicht. Wir tanzen zu *Ancora tu*, und obwohl wir beide über unsere Füsse stolpern, summe ich das Lied bis zum Ferienende und darüber hinaus vor mich hin.

Die letzten zwei Wochen schwimmen wir zu sechst in der Maggia. Sabine und Flavio, Massimo und ich und Sabines Brüder. Einmal erschreckt uns eine Wasserschlange. So schnell wie möglich klettern wir auf den nächstbesten Felsen. Wir schreien und fluchen auf Deutsch und Italienisch. Flavio hält Sabines Hand. Massimo hält meine.

Sabines Brüder kichern, als sie es sehen und springen als erste Kopf voran wieder zurück ins Wasser.

Zum Abschied schenkt mir Massimo einen Stein aus dem Fluss mit der Form eines Herzens.

«Ti amo», sagt er. «Ti aspetto».

Frühling 1977

Ich komme ins Progymnasium, Sabine in die Realschule. Wir versprechen uns hoch und heilig, dass wir uns trotzdem jeden Tag sehen werden.

Das neue Schulhaus macht mir Angst. Hunderte von Schülern strömen in unterschiedliche Trakte und verschwinden in einem der unzähligen Klassenzimmer. Ich kenne niemanden, alle anderen aus dem Quartier gehen in die Realschule, zusammen mit Sabine.

Mama sagt, ich solle mich nicht so anstellen. Bis jetzt sei noch niemand in dem Schulhaus verloren gegangen. Also lege ich mich zu meinem Pony, das mich tröstet. Und zu Blacky, der zu uns in den Stall hoppelt und mich mit seinem Näschen anstupst. Mickey hat den Winter nicht überlebt.

Die Erinnerung, wie er eines Morgens steif und starr neben Blacky im Käfig lag, tut noch immer weh. Sabine und ich beerdigten ihn im Garten. Als die Nachbarin durch den Zaun schaute, um zu sehen, was wir machten, taten wir so, als würden wir eine Beerdigung der Apachen nachspielen. In das Loch in der Erde legten wir das Eichhörnchen von Steiff, sangen kauderwelsch dazu und tanzten um das Grab. Man darf in der Genossenschaft nämlich keine Tiere im Garten beerdigen. Man muss sie in die Wasenmeisterei bringen.

Aber erstens wissen Sabine und ich nicht, wo die Wasenmeisterei ist, und zweitens wollte ich nicht, dass

Mickey verbrannt wird. Als die Nachbarin wieder im Haus war, legten wir die Schuhschachtel mit dem toten Mickey in das Loch. Danach schütteten wir es zu und stellten ein kleines Kreuz darauf. Blacky hatten wir wegen der Kälte im Haus gelassen, aber Iltschy stand tapfer an unserer Seite.

«Micky, bestes Meerschwein auf Erden, fliege glücklich in den Tierhimmel,» sagte Sabine feierlich und dann weinten wir, bis es uns zu kalt wurde.

Am ersten Schultag weiss ich nicht, zu wem ich mich setzen soll. Alle kennen jemanden, nur ich nicht. In der Primarschule war ich stark und mutig, die Anführerin der Roten. Heute sitze ich wie eine kleine Maus zuhinterst in einer Bank. Neben mich setzen sich zwei Mädchen, eines rothaarig, eines blond. Sie sind Freundinnen, sie tuscheln, schreiben und tauschen Zettel und schauen mich nicht an.

Der Klassenlehrer ist nett und hat einen Bart wie Sabines Vater. 32 Schüler sind wir. Einer nach dem andern müssen wir uns vorstellen.

«Ich heisse Adelina und wohne mit meiner Mama, einem Pony und dem Hasen Blacky in einem kleinen Haus. Ich bin ähnlich wie Pipi Langstrumpf, nur leider nicht so sportlich.»

Alle lachen. Die beiden Freundinnen auch.

«Ich bin Marianne», sagt die Rothaarige. Die Blonde stellt sich als Daniela vor. Beide wollen meine Tiere sehen und mit mir in unserem Garten spielen.

Nach der Schule gehen wir einen Teil des Heimweges zu dritt. Die beiden dürfen nicht bummeln, das Mittagessen steht bei ihnen daheim auf dem Tisch. Auf mich wartet niemand. Vielleicht mache ich Ravioli, oder Fischstäbchen. Wie cool, findet Daniela, bei ihnen gebe es immer so langweilige Menüs.

Mitten in der Nacht weckt mich Mama. Sie ist komplett angezogen, trägt ihren teuren Wollmantel und die Schuhe mit den hohen Absätzen. Ihre Lippen sind blutrot.

«Mein Schätzchen, ich sage dir adieu!»

«Mama, wie spät ist es? Wohin gehst du?»

«Ich gehe in den Wald. Ich werde mich erschiessen.»

«Mama, nein!! Was ist denn passiert?»

«Ich kann nicht mehr. Ich mache dem Allem ein Ende. Niemand liebt mich, niemand wird mich vermissen. Es ist besser für alle, wenn ich nicht mehr da bin. Auch für dich ist es einfacher ohne mich, glaub mir mein Schatz.»

«Nein, Mama, ich liebe dich doch. Bitte, tu das nicht!»

Ich hänge mich an Mamas Wollmantel und versuche sie zurückzuhalten. Aber sie schüttelt mich ab, rennt die Treppen hinunter und aus dem Haus.

Was soll ich nur tun? Es ist mitten in der Nacht. Ich rufe Oma an, es nimmt niemand ab. Ich rufe das Lehrlingsheim an, es geht niemand ran. Ich muss die Polizei anrufen. Ich erinnere mich nicht an die

Nummer. Ich schluchze und zittere und suche das Telefonbuch.

Da geht die Haustür auf, Mama steht vor mir.

«Mama, du bist am Leben, Gott sei Dank!»

Ich renne zu ihr hin, wir umarmen uns und weinen.

«Zum Glück habe ich dich, Adelina. Nur deinetwegen habe ich es nicht getan.»

Wir trinken zusammen Tee. Dann gehen wir beide ins Bett.

Ich lege mich zu Iltschy in den Stall. Ich kann lange nicht einschlafen und wälze mich hin und her. Mama hat gar keine Pistole. Im ganzen Haus gibt es keine Waffe. Wie also wollte Mama sich erschiessen?

Was, wenn sie sich gar nicht erschiessen wollte? Ich drehe mich auf die andere Seite.

Was, wenn sie sich überhaupt nicht umbringen wollte?

Könnte es vielleicht sein, dass…

… sie überhaupt nicht daran gedacht hat, sich das Leben zu nehmen? Dass sie nie sterben wollte, nicht eine einzige Sekunde?

Dass sie mir stattdessen nur Angst machen wollte? Damit ich sie anflehe, bei mir zu bleiben?

Damit ich ihr zeige, wie lieb ich sie habe?

Und plötzlich bin ich mir sicher, dass es genau so gewesen ist. Ich bin nicht erleichtert, ich bin unglaublich wütend.

Herbst 1977

Giulia ist im dritten Lehrjahr. Wenn sie Zeit für mich hat, gehe ich sie im Lehrlingsheim besuchen. Sie hat ein superschönes Zimmer mit einer eigenen Toilette und einem Lavabo. Giulia ist kein Hippie mehr. Im Gegenteil, sie ist richtig modisch geworden. Sie hat die Haare kurz geschnitten und umrandet die Augen mit schwarzem Kajal. Dazu trägt sie viel Lidschatten auf.

Ihr Beistand gibt ihr Geld für Kleider und sie hat richtig tolle Fummel. Zweimal die Woche darf sie bis 22 Uhr ausgehen. Samstags bis Mitternacht. Dann geht sie in die Disco. An den anderen Abenden schwatzt sie mit ihren Freundinnen im Aufenthaltsraum. Oder sie schauen zusammen einen Horrorfilm. Ansonsten arbeitet sie. Die Arbeit sei Scheisse, sagt sie, aber der Rest sei super.

So wie Giulia möchte ich auch leben. Mama sagt, sie wohne jetzt im Hotel und ihretwegen seien wir pleite. Ich glaube Mama schon lange nicht mehr alles, aber ich widerspreche ihr so selten wie möglich. Die Hexe lauert noch immer um die Ecke.

Giulia sagt, ich sei schrecklich angezogen, nichts passe zusammen. Ich weiss, dass sie Recht hat, und wenn sie mir ein Kleidungsstück von sich schenkt, bin ich im siebten Himmel.

Einmal darf ich mit Giulia und ihrer Freundin ins Kino gehen. Wir wollen *Star Wars* sehen, und weil der Film erst ab 14 ist, schminken mich die beiden und leihen mir ein Paar Schuhe mit hohen Absätzen. An der Kasse lassen sie mich tatsächlich durch und an diesem Abend verliebe ich mich in Luke Skywalker.

Manchmal kommt Giulia auch zu uns. Eines Tages bringt sie einen Mann mit. Er ist lieb und nett und hat strahlend blaue Augen. Ich mag ihn sofort, obwohl Mama schimpft, das sei ein eiskalter Typ, das sehe man an seinen Augen.

Einmal nehmen Giulia und ihr Freund mich am Sonntag mit auf einen Ausflug. Wir fahren mit seinem getunten gelben BMW 3 an den Murtensee. Die Fensterscheiben haben wir heruntergedreht und hören in voller Lautstärke David Bowies *Sound and Vision*. Es ist so warm, dass wir ins Wasser springen. Giulias Freund spielt danach mit mir Federball. Ganze zwei Stunden lang. Giulia liegt in der Sonne und liest Johannes Mario Simmel, *Niemand ist eine Insel*. Zu Mittag essen wir Schnitzel mit Pommes. Giulias Freund bezahlt für uns alle. Er ist Elektriker, ausgelernt, und verdient viel Geld. Giulia und ihr Freund küssen sich. Ich würde gerne Luke Skywalker küssen. Wir sind glücklich.

Die Schule interessiert mich schon lange nicht mehr. Auch Sabine sehe ich nur noch selten. Irgendwie finde ich sie jetzt langweilig. Sie liest noch immer die neusten Bände von Hanny und Nanny und Dolly und schreibt mit Flavio Briefe. Und sie geht immer brav zur Schule.

Marianne, Daniela und ich schwänzen hingegen öfter. Vor allem Mathe und Physik. Wir machen uns zu dritt auf den Schulweg und bleiben in den Schrebergärten hängen, wo wir heimlich rauchen, und uns vorstellen, einen Jungen aus der Oberstufe zu küssen.

Am Nachmittag gehen wir ins Jugendzentrum. Dort üben vier der Jungs, die uns gefallen. Sie machen einen Heidenkrach und treffen die Töne auf ihren Instrumenten nicht. Aber das ist Absicht, denn sie spielen Punk. Der Sänger hat eine Sicherheitsnadel durch sein Ohrläppchen gestochen und seine Haare giftgrün gefärbt. Alle Mädchen der Oberstufe stehen auf ihn und er hat jede Woche eine neue Freundin.

Für ihn sind wir unsichtbar, aber wir himmeln ihn trotzdem an. Küssen tun wir schlussendlich die gleichaltrigen Bubis aus unserer Klasse. Einmal sitzen wir an einem Sonntag in den Schrebergärten auf einem Bänkli und üben Zungenküsse. Leider spaziert in diesem Moment meine Mutter mit einer Freundin vorbei. Sie tut so, als würde sie mich nicht sehen.

Als ich heimkomme, empfängt sie mich mit einer Ohrfeige. «Du Hure, in aller Öffentlichkeit lässt du dich anfassen und dir die Zunge von so einem Schwein in den Hals stecken. Ich schäme mich für dich, für meine eigene Tochter. Geh mir aus den Augen, du dreckige Trottoirschwalbe!»

Weihnachten 1977

Die Weihnachtstage sind die schlimmsten. Jedes Jahr hoffe ich, dass es besser wird. Dass wir friedlich zusammensitzen, essen und trinken. Lachen und Geschenke auspacken, so wie andere Familien auch.

Aber jedes Jahr kracht es. Immer nach dem Nachtessen am Vierundzwanzigsten.

Weil Mama dann alles hochkommt. Mit unserem Vater. Mit ihrem Bruder und ihrer Mutter. Und sie überhaupt ihr ganzes, beschissenes Leben nicht mehr erträgt.

Danach liegt Mama im Bett, bis und mit dem Sechsundzwanzigsten, und kommt nur aus ihrem Zimmer, um zu pinkeln und zu essen. Oder um mich anzuschreien, natürlich. Dass ich an allem Schuld sei, an ihrem ganzen, dicken Elend. Aber weil sie mich nur noch selten erwischt, gibt es auch nur noch selten Schläge.

Dieses Jahr kommt Giulia mit ihrem Freund. Ich habe wirklich Hoffnung, dass es dank des Freundes besser wird. Mama steht den ganzen Tag in der Küche. Der Freund soll sehen, welch hervorragende Köchin und Gastgeberin sie ist. Und welch liebevolle Mutter.

Sie empfängt die beiden überschwänglich und freut sich über die Blumen, die sie ihr mitbringen. Beim Apéro geht alles gut. Der Freund hört höflich zu, wie meine Mutter von ihrem schweren Leben erzählt. Wahrscheinlich hat Giulia ihn vorgewarnt.

Auch beim Essen ist die Stimmung friedlich. Wir loben den Braten, obwohl er zäh ist. Erst nach dem Dessert wird es ungemütlich. Giulia sagt, dass sie und ihr Freund zusammenziehen wollen und hält dabei seine Hand. Da kippt die Stimmung meiner Mutter, als hätte man einen Schalter umgelegt.

«Und wer soll das bezahlen? Du weisst ganz genau, dass du mich so ruinierst.»

«Mama, ich will kein Geld von dir. Ich bin bald fertig mit der Lehre, dann verdiene ich gut. Und bis dahin hab ich ja auch noch die Alimente von meinem Vater.»

«Und ich habe ja bereits einen vollen Lohn», sagt der Freund wohlwollend.

«Kann das sein, dass du so blöd bist?» fragt Mama scharf. «Der kauft dich doch und macht dich von sich abhängig!»

«Wieso sagst du so etwas? Nicht alle Männer sind so wie deine!»

«Jetzt wird nicht schon wieder frech!» Und an Giulias Freund gewandt: «Sieh nur, wen du dir da angelacht hast, verträgt null Kritik, deine schöne Freundin! Dabei meine ich es ja nur gut mit ihr.»

«Du bist einfach nur gemein, ich hasse dich!» antwortet Giulia.

«Siehst du, was hab ich dir gesagt!», wendet sich Mama wieder an den Freund. «Egal was ich sage, ich kann es ihr nicht recht machen. Dabei habe ich mich ein Leben lang für meine zwei Töchter aufgeopfert. Das habe ich nicht nötig. Das lass ich mir nicht mehr bieten!»

Der Freund räuspert sich und versucht zu vermitteln. Doch er kommt nicht weit, denn Mama schreit Giulia ins Gesicht: « Aus dem Haus du Schlampe, und nimm deinen Zuhälter mit! Lasst euch nie mehr hier blicken!»

Giulia weint, ihr Freund legt den Arm um sie, die beiden verlassen im Eiltempo das Haus. Ich beneide sie sehr darum. Ich muss natürlich hierbleiben. Mama stürmt in ihr Zimmer, schlägt die Türe hinter sich zu und schluchzt und weint lautstark.

Ich weiss, sie will jetzt, dass ich sie tröste und mit ihr über Giulia schimpfe. Aber das werde ich nicht tun. Ich werde stattdessen die nächsten zwei Tage in meinem Zimmer hocken, die Türe verriegeln und zur Sicherheit einmal mehr in Iltschys' Wasserschale pinkeln.

Januar 1978

Wie jeden Winter geht meine Mutter drei Wochen Skifahren. Danach hat sie schon fast alle Ferien fürs laufende Jahr aufgebraucht, aber das ist ihr egal. Meine Oma und mein Götti stupfen ihr jeweils ein paar Hunderter zu. Sie nächtigt in einem ehemaligen Kloster in Davos und trifft dort stets auf die gleichen Gäste. Die Nonnen servieren das Essen im Speisesaal und haben ein offenes Ohr für alle und alles. Am Abend geht Mama ins Pöstli tanzen und mit den Männern, die sie kennenlernt, am nächsten Tag auf die Piste.

Da sie findet, mich müsse längst niemand mehr hüten, ist das die geilste Zeit im Jahr. Marianne, Daniela und ich funktionieren unser Häuschen zum Jugendtreff um und fühlen uns frech und frei. Alle aus der Klasse dürfen kommen, vorausgesetzt sie bringen Zigaretten oder Martini mit.

Wir hören Nina Hagen, *TV-Glotzer*, und Lene Lovich, *Lucky Number*, bis die Nachbarin vor der Tür steht und droht, die ganze, verkommene Bande von der Polizei abführen zu lassen. In den Zimmern schmusen und fummeln wir mit den Milchbubis und trinken uns dazu mit Martini Mut an.

Die Haare habe ich mir mit einem auswaschbaren Spray rot gefärbt und die Augen dick mit schwarzem Kajal umrandet. Ich trage zerlöcherte Jeans, die ich mir heimlich gekauft und zerschnitten habe, und ein hautenges Top, das mir meine Mutter nie durchgehen lassen würde. Wir schwänzen die Schule noch etwas mehr als sonst und qualmen vierundzwanzig Stunden am Tag die Bude voll. Zwei Tage bevor Mama heimkommt, räumen wir gemeinsam den Dreck weg, putzen das Haus blitzblank, lüften stundenlang und sprayen zum Abschluss Parfum.

Meine Mutter merkt nichts. Als ich sie am Bahnhof abhole, bin ich ungeschminkt, trage die guten Jeans, meine Haare sind blond und mein Lächeln ist unschuldig.

Auch weiterhin sehe ich die Schule nur selten von innen. Von Mathematik, Physik und Chemie habe ich keine Ahnung. Daniela ist in diesen Fächern super. Sie teilt an jeder Prüfung den Lösungsweg und das Resultat mit uns. Wir sind so geübt im Spicken, dass wir nie erwischt werden. Dafür schreibe ich für beide Freundinnen die Aufsätze und Vorträge. Zum Dank sägt und bohrt Marianne im Werkunterricht einen neuen Hasenstall für Blacky zusammen. So bleiben wir unauffällig, ebenso wie unsere Zeugnisse. Die Entschuldigungen für die Absenzen fälschen wir. Nachdem wir einen ganzen Nachmittag die Unterschriften unserer Eltern geübt haben, sind sie vom Original nicht mehr zu unterscheiden. Wir fühlen uns schlauer als der Rest der Menschheit. Zudem cool und unverletzlich.

Bis ich eines Tages eine Geschwulst unter Blackys Auge ertaste. Auch will er partout nichts mehr fressen, egal welches Leckerli ich ihm hinhalte. Mama fährt uns zum Tierarzt. Dieser redet von einem Tumor und macht ein trauriges Gesicht. Er sagt, es sei am besten, ihn schnell zu erlösen. Ich halte Blacky in den Armen, als er ihm die erste Spritze setzt. Mein Häschen schaut mich an und mümmelt zufrieden. Es hat keine Angst und es hat keine Ahnung, dass es gleich tot sein wird. Ich aber weiss es und weine seinen Pelz nass. Als Blacky schwer wird, lege ich ihn auf den Behandlungstisch für die zweite Spritze und halte ihn weiter fest umschlungen.

«Er ist tot, du kannst ihn jetzt loslassen.» Blackys lebloser Körper bleibt in der Praxis. Der Arzt will nicht, dass ich ihn im Garten vergrabe. «Das geht nicht», erklärt er, «wegen des Grundwassers.» Den Korb, in dem ihn Mama damals gebracht hat, trage ich leer nach Hause.

Weil ich nicht aufhöre zu weinen, darf ich an diesem Abend in die Disco im Jugendhaus. Wie immer hat jemand Alkohol dabei. Ich saufe eine halbe Flasche Wein allein leer und kotze anschliessend in die Büsche.

Alle die ich liebe, verlassen mich. Giulia, Mickey und jetzt auch Blacky.

Nun bleibt mir nur noch Iltschy und die Hoffnung auf das Wunder, dass trotz allem alles gut wird.

Sommer 1979

Ich kann es kaum glauben, morgen werde ich das Meer sehen! Mein Götti nimmt mich mit nach Italien.

Er will in diesen Sommerferien aber nicht fliegen, sondern richtig ausgiebig Auto fahren. Von Zürich bis nach Otranto. Also durch das ganze, lange Land bis zum Absatz des Stiefels. Puglia nennt sich die Region. Meine kleine Cousine und ich sitzen hinten. Mein Götti hat natürlich einen flotten Flitzer, einen zitronengelben Ford Cortina GT. Wir kommen gut voran. Chiasso, Milano, Poebene, Bologna, Ancona. Ich lese die Strassenschilder und atme den gleissenden Asphalt. Alles ist voller Verheissung, ausgenommen die verdreckten und stinkenden Autobahntoiletten.

Am ersten Tag fahren wir bis Pescara, eine Kleinstadt am Meer. Ich verliere mich in den Gerüchen, den Geräuschen, dem Lärm. Das Leben hat hier eine Fülle, die ich bisher nicht kannte. Durch die Strassen des Städtchens brausen Vespas und Dreiräder. Die Jungs diskutieren und gestikulieren, lässig auf ihren Motorrädern sitzend. Sie lachen, zwinkern mir zu oder pfeifen mir unverfroren hinterher. Mein Götti scherzt, am besten sollte man mich anbinden, bevor ich mit so einem Mafioso durchbrenne. Aus den Bars schmettern italienische Lieder, die ich nicht kenne, die mir aber trotzdem vertraut sind.

Meine Cousine und ich rennen barfuss über den Strand des Hotels, direkt bis zu den Knien ins Wasser. Das Meer ist ganz ruhig, wie ein See, denke ich. Ich schaue auf den Horizont und bin so satt wie nie zuvor. Und dann bauen wir alle zusammen die erste Sandburg meines Lebens.

Später esse ich in einer Trattoria spaghetti alle vongole. Sie schmecken besser als alles, was ich je gegessen habe. Mein Götti öffnet seine Crevetten gekonnt, aber dann fehlt ihm eine feuchte Serviette für die Hände. Seine Frau sagt, Italienisch sollte man können, denn der Kellner spricht weder Englisch noch Deutsch. So machen sie Gesten und Faxen, der Kellner lacht und scherzt wortreich zurück. Am Ende bekommt mein Götti seine Serviette und zwei Gläser Wein gratis dazu. Er und seine Frau sind ein schönes Paar, finde ich, und das schon so lange. Wenn sie sich streiten, versöhnen sie sich am gleichen Tag wieder. Und nie fallen beleidigende Worte, nie fliegt eine Tasse.

Mein Götti ist ein Mann von Welt. So wie Joachim Fuchsberger. Was wäre, frage ich mich an diesem Abend, wenn er mein Vater wäre? Würde ich dann Tennis spielen? Und selbst wichtig sein? Wie wäre wohl mein Leben mit einem Vater, der sich um mich kümmert, und mit einer Mutter, die sich nicht in eine Hexe verwandelt? Ich kann es mir nicht vorstellen.

Die zwei Wochen verbringen wir in einem Club. Hier gibt es nur sonnengebräunte, schöne und glückliche Menschen. Schnell entscheide ich mich, so zu tun, als wäre ich eine von ihnen. Wenn wir nicht in einem Restaurant zum Essen sind, liegen wir am Strand oder am Pool. Mein Götti gewinnt beim Windsurfwettbewerb die Goldmedaille. Er sagt, es sei nicht schwierig gewesen, er sei der einzige gewesen, der sich bei den Wellen auf dem Brett habe halten können, und es um alle Bojen geschafft habe.

Gegen Abend gehe ich jeden Tag zwei Stunden reiten. Mein Götti hat mir ein Abo geschenkt. Eine Stunde longieren in der Koppel und eine Stunde traben und galoppieren den Strand entlang. Der Reitlehrer mit Cowboyhut und bis zur Brust geöffnetem Hemd reitet zuvorderst in der Reihe und wir Feriengäste hinter ihm her, ordentlich in einer Reihe. Er sagt, ich würde es gut machen, und das Kompliment freut mich so sehr, dass ich mich noch aufrechter halte. Einen Augenblick erinnere ich mich an meinen Vater. Der sollte mich jetzt sehen. Mich, den Kartoffelsack, kerzengerade, schlank, und mit wehendem Haar auf einem wilden Pferd sitzend. Ich schmunzle über mich selbst. Mein Pferd heisst Nero, ist ruhig und gutmütig und hat bestimmt noch nie jemanden abgeworfen.

Schon am zweiten Ferientag weiss ich, dass mir der Abschied von Nero das Herz brechen wird.

Es wird fast so weh tun, wie bei Moustache. Moustache ist der Freund des Reitlehrers und Animator im Club. Er hat lange schwarze Locken und einen schwarzen Schnauz. Eines Abends in der Stranddisco fordert er mich zum Tanzen auf, mir zittern die Beine.

Mein Götti tanzt mit seiner Frau und ich tanze mit Moustache, am Himmel leuchten die Sterne, und ich bin offensichtlich in einem anderen Leben gelandet.

Leider ist dieses Leben flüchtig. Die Tage zerfliessen in der Hitze, in den warmen Wellen und auf Neros Rücken. Und die Abende gleiten sanft dahin in Begleitung von Moustache und Umberto Tozzis *Gloria*.

Bis die zwei Wochen vorbei sind. Unwiderruflich und gnadenlos vorbei.

Wir befüllen den Ford wieder mit unseren Koffern.

Moustache sagt, er werde mir schreiben.

Neros Nüstern erkunden meine Hände, auf der Suche nach seinen täglichen Brotstückchen.

Ich will nicht nach Hause.

Ich will nicht weg von Nero und Moustache.

Und ich will schon gar nicht zurück zu meiner Mutter.

Herbst 1979

Ich bin schon mehrere Wochen wieder daheim. Aber ich finde den Tritt nicht mehr. Ich hasse meine Mutter. Ich hasse die Schule. Ich hasse die Milchbubis in meiner Klasse. Und die wiederum mögen mich nicht mehr. Sie sagen, das sei, weil ich seit den Ferien meine, ich sei etwas Besseres. Weil ich nicht mehr mit ihnen scherzen und schmusen will. Sondern stattdessen das Foto von diesem Schnauzbart mit mir herumtrage. Und weil ich mir die Haare allein für den blöden Italo weissblond gefärbt hätte. Dabei war das die Sonne Italiens.

Es stört die Jungs auch, dass ich nicht mehr Nina Hagen und Sex Pistols höre wie sie, sondern Umberto Tozzi und Renato Zero in der Endlosschlaufe. Wie peinlich, finden sie, das seien doch so richtige italienische Schmalzdackel.

Fünf Briefe habe ich Moustache geschrieben. Auf eine Antwort warte ich noch immer. Die ersten Wochen renne ich mit Herzklopfen zum Briefkasten, irgendwann hoffe ich auf ein Wunder. Darin bin ich ja geübt. Bis jetzt ist das Wunder nicht eingetreten.

Auch meine Mutter findet, ich sei unausstehlich. Am Wochenende hänge ich irgendwo ab. Weit weg von der Gefahrenzone. Sie hat jetzt wieder einen Freund. Ich interessiere mich nicht für ihn, Hauptsache er hört ihr zu. Hört sich all die schrecklichen Geschichten an.

Über Giulia und mich und die ganze, ungerechte Welt. Und tröstet Mama und hält sie in seinem Arm und redet ihr gut zu.

Zum Glück halten Marianne und Daniela zu mir. Zu dritt schauen wir immer und immer wieder die Fotos von Moustache an. Daniela versteht mich am besten. Sie trägt auch ein Bild, das sie aus der Zeitung ausgeschnitten hat, mit sich herum. Und ist mindestens so unglücklich verliebt wie ich, seit einem ganzen Jahr schon. In einen Tänzer des Stadtballetts. Jeden Mittwochnachmittag füllt sie im Coop das Gemüse auf, damit sie sich die unzähligen Billette für den Eintritt ins Theater leisten kann. Marianne und ich besuchen mit ihr jede neue Vorstellung, in der er tanzt, und schlafen vor Langeweile ein.

An manchen Abenden bin ich so traurig, dass ich wieder bei Iltschy im Stall schlafe. Manchmal überlege ich mir abzuhauen. Nach Otranto. In den Club. Anzuheuern. Als irgendwas. Aber dann fragt Marianne: «Adelina, was willst du dort? Es ist bald Winter. Und keine Menschenseele mehr im Club. Und du hast ja noch nicht mal das Geld für die Reise.»

«Ich werde trampen.»

«Spinnst du? Da endest du tot in irgendeinem Wald!»

Wo Moustache wohl ist? Vielleicht auf den Malediven oder in der Karibik. Bestimmt noch immer an der Sonne. Und bestimmt umgeben von tausend schönen Frauen.

Manchmal treffe ich Giulia und ihren Freund. Sie haben jetzt eine gemeinsame Wohnung. Alle Möbel haben sie neu gekauft und alles ist blitzsauber. Ich gehe gerne zu den beiden. Wir kochen und essen zusammen und lästern über Mama. Anschliessend spielen wir *Uno* oder *Monopoly*. Oder schauen Dallas.

Nach einem solchen Abend fällt es mir noch schwerer, in unser Haus und zu meiner Mutter zurückzukehren.

Irgendwann im Dezember entdecke ich Claudio Baglioni. Er klingt genauso verloren, wie ich mich fühle. Seine Lieder begleiten mich durch den Fünfundzwanzigsten und den Sechsundzwanzigsten in meinem Zimmer. Mama hat am Vierundzwanzigsten mit ihrem Freund gestritten und ihn aus dem Haus geworfen. Diesmal flog ein Teller hinterher.

Weihnachten läuft somit ab wie jedes Jahr. Iltschy und ich sind im Stall und das Zimmer ist verriegelt und verrammelt. Neu ist nur, dass Baglioni mich jetzt in meinem Elend bestätigt.

Februar 1980

Seltsam, ich hätte nicht gedacht, dass wir irgendwann auffliegen könnten. Doch dann geht alles ganz schnell.

Der Klassenlehrer ruft meine Mutter an einem Abend unter der Woche an und sagt ihr, dass ich siebenundsechzig Absenzen habe. Siebenundsechzig! Entschuldigt seien sie sehr wohl alle, aber es irritiere ihn trotzdem. Deshalb wolle er doch einmal höflich nach dem Grund für mein häufiges Fehlen fragen. Und ob ich vielleicht an einem körperlichen Gebrechen leide und die Familie allenfalls in irgendeiner Form Hilfe benötige.

Mama erwartet mich an der Tür, als ich vom Jugendhaus heimkomme. Ich habe keine Chance. Sie packt mich an den Haaren und schleift mich vom Eingang einmal quer durch das untere Stockwerk und wieder zurück. Dann zertrümmert sie mit der Zinnvase, die sie von Oma zu Weihnachten geschenkt bekommen hat, die Glastüre der Küche mit einem einzigen Schlag und stösst mich in die tausend Scherben.

«Du verdammtes Drecksstück, siebenundsechzig Absenzen! Siebenundsechzig! Und schau nur, was du jetzt noch angerichtet hast! Weisst du, was es kostet, diese Türe wieder reparieren zu lassen? Das ist alles deine Schuld! Dir werd ich's zeigen, du Schlampe!»

Sie tritt nach mir, während ich flach in den Glassplittern liege. Ich weiss nicht, wie mir geschieht, ich habe solche Angst wie damals, als ich noch ganz klein war und ihr auf den Rücken gesprungen bin, um Giulia zu retten.

«Mama, bitte hör auf, ich kann dir alles erklären, auch das mit den Absenzen!»

«Halt's Maul! Siebenundsechzig Absenzen! Und ich vertraue dir und denke, du seist eine brave Schülerin. Weiss der Herrgott, wo du dich herumgetrieben hast! Du bist eine dreckige Lügnerin, das werde ich dir austreiben!»

Sie tritt weiter nach mir, ich bin vor Schmerz und Panik wie gelähmt. Wahrscheinlich wird mich meine Mutter in diesem Moment umbringen.

Da klingelt es an der Tür. Mama flüchtet in ihr Zimmer, ich haste zum Eingang, öffne die Tür und dränge mich an der verdutzten Nachbarin vorbei. Hinter mir rieseln die Scherben zu Boden.

«Jetzt reicht's, ein für allemal! Der Vorstand wird euch Hottentotten rauswerfen, ich werde persönlich dafür sorgen!», schreit sie mir hinterher. Noch nie war ich so erleichtert, ihre schrille Stimme zu hören.

Ich haste weiter, halb rennend, halb humpelnd, ohne zu wissen wohin.

Fahrig taste ich nach dem Einfränkler, der immer in der linken vorderen Hosentasche zu sein hat. Giulia hat das so befohlen. Für den Notfall.

Die Münze ist da.

Ich schaffe es durch die Schrebergärten bis zu den Habermatten, wo eine Telefonkabine steht.

Ich rufe Giulia an.

«Giulia, bitte, bitte komm mich holen, schnell!»

«Wo bist du?»

«In der Kabine in den Habermatten.»

«Wir kommen sofort! Geh aus dem Licht und verstecke dich hinter dem Telefonhäuschen, damit dich niemand sieht!»

Ich kaure im Dunkeln und höre meinen Herzschlag. Langsam wird er ruhiger. Lange Minuten später hält ein Auto vor der Kabine, ich rette mich in den BMW, Giulias Freund braust los.

Sie bringen mich zu sich nach Hause. Zu dritt befreien wir mich von den Scherben und Giulia desinfiziert die Schrammen.

«Ich lasse sie nicht mehr zurückgehen!», sagt sie bestimmt zu ihrem Freund.

«Sicher, sie muss auch nicht mehr zurück, sie bleibt hier.» Und zu mir sagt er: «Wir richten dir ein Zimmer ein, da, wo jetzt mein Büro ist. Ich brauche es sowieso fast nie». Dann nimmt er Giulia in den Arm und lächelt uns beiden aufmunternd zu.

Am nächsten Morgen ruft Giulia unsere Mutter an und sagt ihr, dass ich ab sofort bei ihnen wohne. Wenn sie sich querstelle, erzähle sie alles der Polizei. Und mit *alles* meine sie *alles*, und zwar *wirklich alles*. Und sie erzähle es auch der ganzen Familie. Und zur Not auch noch der Basler Zeitung.

Die Stimme meiner Mutter ist schneidend. Aber sie willigt ein.

Wir brauchen keinen Beistand.

Kein Jugendamt.

Ich bin frei, nach einem einzigen Telefonat.

Zu dritt holen wir meine Kleider und Iltschy ab, während meine Mutter arbeitet. Den Hausschlüssel lege ich auf den Küchentisch. Der Boden knirscht unter meinen Schuhen, er ist noch immer voller Scherben.

Angst und Wut sind zurück.

Aber da ist noch ein anderes Gefühl.

Eines, das ich genauso wenig fühlen möchte: Es ist Mitleid. Mitleid mit meiner Mutter.

Wer wird die ganzen Scherben jetzt wegräumen? Wer wird überhaupt zu unserm Haus schauen? Und zu Mama? Einen Moment lang tut mir Mama unendlich leid. Ich hab sie doch auch lieb. Sehr sogar, noch immer, trotz allem.

Wer wird sie trösten, wenn sie traurig und verloren ist? Und sie ist doch jedes Wochenende traurig und verloren. Wer wird dann für sie da sein?

Giulia liest meine Gedanken und fühlt meine Not. Liebevoll legt sie ihren Arm um mich.

«Komm, Baby, lass uns gehen!»

Ich kehre nicht mehr zurück.

Dafür gehe ich wieder in die Schule. Giulia lernt jeden Abend mit mir, damit ich die Versetzung schaffe.

Wir sind jetzt eine Familie. Giulia, ihr Freund und ich. Wir halten zusammen.

Und jetzt wird tatsächlich alles gut.

Epilog

Meine Mutter muss heute vier Zähne ziehen lassen. Das Gemetzel dauert zwei endlos lange Stunden. Kein Laut der Klage kommt über ihre Lippen, während sie auf dem Stuhl liegt. Ich sitze im Behandlungszimmer in einer Ecke, denn sie meinte, es gebe ihr Kraft, wenn ich dabei sei. Ich kämpfe mit Übelkeit und Schwindel, versuche nicht hinzusehen, wie an ihren Zähnen gezerrt und gemurkst wird, und spreche ihr Mut zu.

Als mein Mann und ich sie ins Altersheim zurückbringen, blutet sie noch immer aus dem Mund. Trotzdem geht sie tapfer und so aufrecht, wie es ihr möglich ist, an dem Rollator in ihr Zimmer. Sie versucht zu lächeln und sagt: «Was draussen ist, kann drinnen nicht mehr stören.» Wir legen sie ins Bett und decken sie zu. «Danke, danke für alles», flüstert sie und schlummert weg.

«Wenn die Parodontose in diesem Tempo fortschreitet, wird ihre Mutter in einem halben Jahr keinen einzigen Zahn mehr im Mund haben.» Die Zahnärztin ist ehrlich besorgt. Die Leitung des Heims auch. Ich bin ihnen allen dankbar. Den Ärzten, den Pflegenden, den Freiwilligen. Dafür, dass sie das übernehmen, was mir unmöglich ist.

Überhaupt ist das mein erster Einsatz seit langer Zeit. Damals rief mich eine Bekannte meiner Mutter an, weil sie sich Sorgen machte. Weil meine Mutter in Gesellschaft zunehmend verstummte, sich nicht mehr wusch, sich nicht mehr schminkte. Weil sie zudem wie eine Eremitin hauste und ihre Wohnung fast nicht mehr verliess. Und da die Bekannte sich sicher war, dass da etwas nicht stimmte, bat sie mich, doch einmal bei meiner Mama vorbeizuschauen.

Da nannte ich zum ersten Mal das Kind beim Namen. Erzählte der Bekannten, was Sache gewesen war, dazumal in unserm Häuschen. Ich gestand ihr, dass ich meine Mutter nicht wiedersehen wollte, nicht wiedersehen konnte. Nicht nach dieser Kindheit, nicht nach gefühlt hundert gescheiterten Anläufen und darauffolgenden Abbrüchen als erwachsene Tochter. Denn endlich war ich dort angelangt, wo ich meine Schuldgefühle ihr gegenüber losgelassen hatte. Losgelassen, wie auch meine überzogenen Erwartungen an mich selbst, diese Beziehung doch in irgendeiner Weise zum Gelingen bringen zu müssen.

Ich sagte der Bekannten geradeheraus, dass ich den Kontakt zu meiner Mutter komplett abgebrochen hatte und daran auch nichts mehr ändern würde.

Nach zwei Tagen fuhren wir trotzdem zu ihr hin, mein Mann und ich. Meine Mutter und ihre Wohnung waren komplett verwahrlost. Der Gestank machte mir am meisten zu schaffen. Er stiess mich in einer einzigen Sekunde zurück ins Elend meiner Kindheit. Mit Hilfe der KESB und einem Beistand nahmen wir das Ganze in Angriff.

Nachts wachte ich nach heftigen Träumen auf. Ich träumte von Giulia, von mir und von der Hexe. Ich schwitzte und schrie im Traum, man solle mich in Ruhe lassen und mir Iltschy zurückgeben. Ich war wieder fünf Jahre alt und erwachte schweissgebadet.

In den ersten Jahren besuchte ich meine Mutter selten im Altersheim.

In letzter Zeit gehe ich öfter mit meinem Hund durch den Wald, der bis zum Altersheim führt. Manchmal bleibe ich davor stehen, bevor ich wieder umkehre. Manchmal gehe ich hinein. Meine Mutter riecht jetzt nicht mehr. Sie wird regelmässig geduscht und ihre Kleidung gewaschen. Trotzdem ertrage ich ihren Geruch nur schwer.

Wenn sie schlechte Laune hat, verabschiede ich mich umgehend wieder von ihr. Ist sie guter Laune, sitzen wir auf ihrem Bett, schauen uns Fotoalben von früher an und sie fragt, wie es meinem Sohn gehe.

Etwas in unserer Beziehung hat sich verändert. Es dauert eine Weile, bis ich begreife, was es ist:

Ich entscheide jetzt, in welche Richtung unsere Geschichte geht. *Ich* entscheide, wie viel Nähe zu meiner Mutter ich zulasse. Die Hexe kann mir nichts mehr anhaben, sie hat ihre Macht über mich verloren.

Und so öffnet sich unerwartet und sachte ein neuer, mir unbekannter Raum:

Langsam, ganz langsam nur stellen sich wieder Gefühle für meine Mutter ein. Ich will sie erst nicht wahrhaben. Und doch sind sie da. *Mitgefühl.* Auf jeden Fall. Für diesen alten, versehrten Menschen. *Liebe?* Ich weiss nicht. Ein zu grosses Wort in dieser schwierigen Beziehung. Vielleicht auch ein unerwünschtes, nach all dem verpassten gemeinsamen Leben als Mutter und Tochter. *Hinwendung?* Ja, das könnte es sein. Die naturgegebene Hinwendung einer Tochter zu ihrer Mutter.

Die Diagnose Demenz ist keine Überraschung, die Krankheit schreitet schnell voran. Noch kennt sie meinen Namen, wenn ich sie besuche. Sie freut sich über mein Kommen und am meisten freut sie sich über unseren Hund. Er ist ein Schelm, frech und liebevoll und bringt sie zum Lachen. Er erwartet nichts von ihr, ausser vielleicht ein Güdeli, und das steck' ich ihr jeweils zu.

«Er mag mich», sagt sie und lächelt zufrieden. Dann schaut sie mich an, als sähe sie mich zum ersten Mal und fügt an: «Du hast wunderschöne Haare.»

Die Leute in meinem Umfeld sagen: «Wie schrecklich, deine Mutter ist dement. Wie quälend es sein muss, wenn man rein gar nichts mehr von seinen Eltern erwarten kann.»

Ich denke, das Nichts ist in meinem Fall besser als alles, was vorher je war und antworte aufrichtig:

«Wir haben die beste Zeit unseres Lebens.»

Das versteht dann fast niemand und das ist vollkommen in Ordnung so.

Die Autorin

Assuntina Spina ist das Pseudonym einer Schweizer Autorin, die bis anhin ihre Bücher unter ihrem Geburtsnamen veröffentlicht hat.

Weitergehende Informationen:

assuntina.spina2025@gmail.com